Zu diesem Buch

Dies ist die Erzählung einer verzehrenden Liebe. Tatjana, ein russisches Wunderkind, verzaubert mit ihrem Cellospiel die Menschen in aller Welt. Auf einer Tournee trifft die Dreizehnjährige, halb Engel, halb Eva, mit einem in der Fremde lebenden russischen Arzt zusammen. Die Begegnung wird für beide zum Schicksal. Der wesentlich ältere Mann verläßt seine Familie, um mit der frühreifen Tatjana zusammen zu leben. Doch schon bald nach der Hochzeit stirbt die kleine Göttin mit dem «nackten Mund». Noch lange Jahre lebt Boris Michailowitch gebrochen und verlassen dahin, ohne vergessen zu können, und sein letzter Wunsch, den er einem Freund anvertraut, ist, daß seine Asche mit der der geliebten Toten vereinigt werden möge. – Mit dieser Erzählung von der Leidenschaft eines alternden Mannes für ein Kindweib hat es Curt Goetz ein Jahrzehnt vor Nabokovs «Lolita» gewagt, ein literarisches Tabu zu durchbrechen und dabei eine der schönsten modernen Liebesgeschichten geschaffen. Sogar das Tragische bekommt bei Curt Goetz noch einen zärtlichen Ton. Der namhafte Literaturkritiker Günter Blöcker nannte die Novelle «ein kleines Meisterstück ihrer Gattung».

Curt Goetz wurde am 17. November 1888 in Mainz als Sohn eines Weinschmeckers geboren. Er ging später zur Bühne und brillierte besonders in Stücken von Shaw und Wilde, denen er alsbald als Autor nachzueifern begann. Nach mehreren Versuchen erschien 1921 sein erster großer Erfolg, die Komödie «Ingeborg». Als er mit dem Stück in Wien gastierte und ihm eine Partnerin fehlte, wurde ihm die «Burgtheater»-Naive Valérie von Martens empfohlen – und er zugleich vor ihr gewarnt. Er würde sie vom Fleck weg heiraten. Die Warnung war umsonst, die Prophezeiung richtig. Das Schauspieler-Ehepaar trat fast nur in Curt Goetz-Stücken auf. So in «Die tote Tante und andere Begebenheiten» (1924), «Hokuspokus» (1928) und, an die tausendmal, in «Dr. med. Hiob Prätorius» (1934). Während eines mehrjährigen Aufenthalts in Hollywood wandelte Goetz seinen Einakter «Die tote Tante» in den Vierakter «Das Haus in Montevideo» um, schrieb «Tatjana» und widmete sich ansonsten der Hühnerzucht. Obschon er bereits 1938 in Deutschland den erfolgreichen Film «Napoleon ist an allem schuld» gedreht hatte (später folgten weitere Filme), wußte er mit Hollywood und Hollywood mit ihm nichts Rechtes anzufangen. Nach Europa heimgekehrt, veröffentlichte er zwei ergoetzliche Resultate seiner Erfahrungen in der Filmmetropole: 1951 den Roman «Die Tote von Beverly Hills» und 1956 das Bühnenstück «Nichts Neues in Hollywood». Am 12. September 1960 starb Curt Goetz im Krankenhaus von Grabs im Kanton St. Gallen. Er liegt in Berlin, der Stadt, die ihn entdeckte, begraben.

CURT GOETZ

Tatjana

EINE LEGENDE

ROWOHLT

Umschlagentwurf Jürgen und Cornelia Wulff

1.– 30. Tausend	Mai 1965
31.– 45. Tausend	September 1965
46.– 65. Tausend	April 1966
66.– 80. Tausend	Juni 1967
81.–100. Tausend	April 1968
101.–110. Tausend	November 1969
111.–123. Tausend	Juli 1970
124.–135. Tausend	Oktober 1971
136.–142. Tausend	März 1973
143.–150. Tausend	März 1974

Ungekürzte Ausgabe
Veröffentlicht im Rowohlt Taschenbuch Verlag GmbH,
Reinbek bei Hamburg, Mai 1965

Gesetzt aus der Linotype-Cornelia
Gesamtherstellung Clausen & Bosse, Leck/Schleswig
Printed in Germany
ISBN 3 499 10734 1

I

Die Sonne brütete über dem Hauptgebäude der C.M.P.C. mit unverminderter Wut.

Natürlich nicht nur über dem Hauptgebäude, sondern über dem ganzen Filmgelände sowie über ganz Culver City, Beverly Hills, Hollywood und Los Angeles.

Und doch schien es, als hätte sie ihre besondere Aufmerksamkeit dem Hauptgebäude der C.M.P.C. zugewandt, das herausfordernd ohne jeden Baumschutz in massiger Wucht dalag und in dessen luftgekühlten Räumen einhundertundacht Schriftsteller Karten spielten, schliefen oder sogar schrieben. Es schien, als wolle sie, beleidigt, den Kampf aufnehmen gegen die mit unheimlicher Gleichmäßigkeit arbeitenden gigantischen Kühlanlagen der COLOSSAL MOTION PICTURE CORPORATION LIMITED.

Ein lächerliches Unterfangen!

Es war vier Uhr. Ich schloß mein an diesem Tage um zwei Zeilen bereichertes Manuskript in meinen Schreibtisch, auf dem fünfundzwanzig gefährlich gespitzte Bleistifte, sinnig wie Blumen in einer Vase arrangiert, ein Radiergummi und ein Leimtopf verblieben.

Ich verließ meine Zelle und ging den Gang entlang, an den vielen Türen vorbei, deren eine jede den Namen eines bekannten Schriftstellers trug. Schriftsteller literarischen Ranges, denen die C.M.P.C. eine immense Gage bezahlte, um nie eine Zeile von ihnen zu verwenden. So wie der schwedische Streichholzkönig die Erfindung des Ewigen Streichholzes aufkaufte, um sie unschädlich zu machen.

«Good night, Mr. Goetz», sagte der Clerk in der Vorhalle und machte sich kauend eine diskrete Notiz über Stunde und Minute, als ich die Fabrik verließ.

Die Hitze packt dich beim Verlassen des gekühlten Gebäudes wie etwas Körperliches, und du erinnerst dich plötzlich, daß du dich in der Wüste befindest, wenn es dir bis dahin noch nicht aufgefallen ist. «Good night, Mr. Goetz», sagte der kauende Parkwächter, als ich meinen Wagen bestieg, denn kein Volk der Welt besitzt ein solches Namengedächtnis wie das amerikanische.

Da die Sonne bereits im Sinken war, konnte ich es wagen, offen zu fahren. Ich drückte auf den Knopf, der, meinem Abkommen mit der Packard Company gemäß, das Verdeck meines Wagens während der Fahrt lautlos zum Verschwinden bringen sollte, und da ich für dieses Übereinkommen richtige Dollars bezahlt hatte, hatte auch die Packard Company keinen Grund, den Vertrag nicht zu erfüllen, und so, als ich diesen Knopf drückte, verschwand das Verdeck, und der Wüstenwind, durch das Tempo der Fahrt temperiert, umkoste mich wie eine Geliebte. Bis zum Sepulvada Boulevard hatte ich die Sonne im Gesicht, dort bog ich nach Norden um, um mein linkes Profil schmoren zu lassen; am Sunset Boulevard fuhr ich östlich, die Sonne im Rücken, um beim Beverly Glen Cañon wieder nordwärts den Hügeln zuzustreben. Da, wo der Beverly Glen in den Mullholland Drive mündet, sah ich, wieder westlich fahrend, gegen den Abendhimmel eine Vogelscheuche stehen, die ich vorher nie gesehen hatte.

Sie stand da, überlebensgroß gegen den Himmel. Die Kleider wehten in der leichten Brise, die sich vom Ozean aufgemacht hatte und über die Hügel strolchte. Sie war sehr plump gemacht, diese Vogelscheuche, und ich dachte, kein Vogel wird darauf reinfallen. Da hob sie den Arm und machte das Zeichen des Hitchhikens. Es stellte sich heraus, daß es keine Vogelscheuche war, sondern eine wichtige Figur in der folgenden Erzählung.

2

Amerika ist das Land, das die Autos ohne Trittbretter erfunden hat, um es deinen Mitmenschen schwerer zu machen, sich während der Fahrt auf dieselben zu schwingen, dir eine Kanone unter die Nase zu halten und irgend etwas von dir zu verlangen, wozu du vielleicht im Augenblick gar nicht aufgelegt bist.

Diese unfreundliche Maßnahme der Autofabrikanten hat nun die Leute, die von so etwas leben – und jeder Mensch will leben –, zu anderen Methoden gezwungen, die unter anderem auch den heiligen Brauch des Hitchhikens in Verruf gebracht haben. Du weißt natürlich, was Hitchhiken ist. Jemand steht an der Chaussee und zeigt mit dem Daumen in die Richtung, in der du fährst, was bedeutet, du mögest ihn doch mitnehmen. Du kannst ihn nun mitnehmen oder du kannst es lassen. Läßt du es, kann dir nichts passieren, nimmst du ihn mit, kann dir allerhand passieren. Wie zum Beispiel mir, als ich eines Tages nach San Diego fuhr . . .

Als ich eines Tages nach San Diego fuhr und einen Hitchhiker auflas, spürte ich plötzlich, nachdem wir einige höfliche Worte über das Wetter gewechselt und mein Begleiter mir ein paar Komplimente über den schönen Wagen gemacht hatte, etwas Hartes in meinen rechten Rippen. Ein Blick überzeugte mich, daß mein Begleiter seine linke Hand in seiner linken Jackettasche hatte und nicht nur seine Hand, sondern auch noch etwas Hartes, das er mit dieser Hand durch die Tasche hindurch gegen meine Rippen preßte.

«Reg dich nicht auf, Bruder», sagte er, «das ist eine 0.38-Kaliber-Pistole. Sie geht nur los, wenn ich abdrücke. Wenn du das zu vermeiden wünschest, fahre bitte die nächste Kreuzung links und dann die erste wieder rechts bis dahin, wo ich dir sage, daß du mich absetzen sollst. – Ich glaube in der Tat, es ist heute einer der heißesten Tage, an die ich mich in dieser Jahreszeit erinnern kann.»

Auf meine Frage, ob er mir die Kanone nicht einmal zeigen wolle, sagte er, er habe nicht die Absicht, mich unnötig zu erschrecken. Und er fügte hinzu, daß, wenn ich irgendeine falsche Bewegung machen sollte, er mir ein Loch durch mein System schießen würde.

Und es sei kein Grund zu irgendwelcher Aufregung vorhanden. – Ich tat alles, was er gewünscht hatte, und setzte ihn an der bezeichneten Stelle ab.

«*Thanks a lot*», sagte er, «*and no bad feelings.*» – Und er verschwand im Unterholz. Er hatte mich nicht um einen einzigen Dollar geprellt. Er hatte es auch nicht nötig, denn er gehörte, wie ich am nächsten Tage aus der Zeitung feststellen konnte, einer Gruppe von Gentlemen an, die gerade einen Besuch bei einer Bank unternommen hatte, um einhundertachtunddreißigtausend Dollar zu kassieren, bei welcher Transaktion zwei Bankangestellte und drei Polizisten ums Leben gekommen waren.

Daran mußte ich denken, als ich an jenem Spätnachmittag den Mann das Zeichen des Hitchhikens machen sah. Warum ich trotzdem auf die Bremse trat, weiß ich nicht. Jedenfalls tat ich es und ließ den Mann, den ich für eine Vogelscheuche gehalten hatte, einsteigen.

3

«Bless you», sagte er und ließ sich neben mich auf den Vordersitz fallen.

Er schien außerordentlich ermüdet. Er war barhäuptig. Sein schütteres Haar war von einem schmutzigen Weiß. Das Gesicht mit der feinen Nase und dem schmalen Mund war fahl, die Augen, halb erloschen, waren von undefinierbarer Farbe und rot umrändert. Er mochte etwa sechzig Jahre alt sein.

Der Anzug, von schäbiger Eleganz, war ihm zu weit, er schlotterte um seine hagere Gestalt, und doch schien er einst für ihn gemacht worden zu sein.

«Bless you», sagte er, «Leute, die mich mitzunehmen wagen, werden immer seltener.»

Er griff in die Tasche. Statt des erwarteten Revolvers holte er Papier und Tabak hervor und drehte sich mit den aristokratischsten Fingern, die ich je an einem Mann gesehen habe, eine Zigarette. Der breite Highway wandte sich jetzt in sanften Kurven dem San Fernando Valley zu und erforderte wenig Aufmerksamtkeit.

«Auch eine?» fragte er.

«Bitte.»

Während er die erste unangezündet zwischen den Lippen balancierte, drehte er die zweite, ließ mich das Papier lecken, vollendete sie und steckte sie mir zwischen die Lippen.

«Wo ist der gottverfluchte Anzünder?» fragte er, mit wässerigen Augen das Armaturenbrett absuchend.

«Dritter Knopf.»

Er betätigte ihn, gab sich und mir Feuer und lehnte sich wieder zurück. Die Tätigkeit der letzten zwei Minuten schien den Rest seiner Energie verbraucht zu haben. Er inhalierte in tiefen Zügen, den Rauch möglichst lange bei sich behaltend und nur in geizigen Raten wieder entlassend. Er starrte gedankenvoll auf die Chaussee, die unter dem Packard verschwand. Manchmal hielt er den Kopf zur Seite, als lauschte er auf eine Stimme. Wenn er die Zigarette zum Munde führte, so tat er das mit abgespreiztem kleinen Finger in einer merkwürdig umständlichen, geistesabwesenden Weise. Einmal, während er den Rauch entließ, summte er eine Melodie . . .

«Sie sind Cellist?» fragte ich.

Wenn ich ihn gefragt hätte, ob er ein Mörder sei, hätte er mich nicht erschrockener anstarren können.

«Nein. – Woher . . .»

Ich summte die Melodie. Es war das Thema des ersten Satzes des Volkmannschen Cello-Konzertes in a-Moll.

«Sie summten das.»

«Oh . . . nein», sagte er und errötete wie ein Schuljunge, «ich darf mich keinen Cellisten nennen . . . ich habe in meiner Jugend ein wenig gestümpert . . .»

«Sie müssen sehr gut gestümpert haben, wenn Sie dieses Konzert spielen konnten.»

«Ich konnte es nicht spielen. Bei der ersten Passage kam ich in die Brüche, aber ich liebe es . . . ich hörte es einmal sehr gut spielen . . .»

«Von Foeldesy?» fragte ich.

Aber er war wieder in seinen geistesabwesenden Zustand verfallen. Er führte die Zigarette in jener umständlichen Weise zum Munde und starrte auf die Chaussee.

Er summte nicht mehr.

Als wir auf den Ventura Boulevard trafen, fragte ich ihn, wohin er zu gehen wünsche. «Lassen Sie mich hier aussteigen. Ich bekomme von da einen Bus nach Forest Lawn.»

«Wollen Sie sich dort begraben lassen?»

«Ja», sagte er so einfach, daß ich mich meines Witzes schämte.

«Aber jetzt noch nicht?»

Es dauerte eine Weile, bis er meine Frage zu verstehen schien.

«Nein. – Jetzt noch nicht . . .» Und er verfiel wieder in seinen Stupor.

«Ich muß sowieso nach Glendale», log ich, «ich kann Sie am Forest Lawn absetzen.»

«Oh . . .» sagte er.

Als wir am Burbank Boulevard nach Osten bogen, sagte er plötzlich: «Nein. – Nicht von Foeldesy.»

Als ich ihn dreißig Minuten später am Forest Lawn absetzte, war er so erregt, auf seinen Friedhof zu kommen, daß er vergaß, sich für die Fahrt zu bedanken. Erst einige Schritte später fiel es ihm ein. Er wandte sich um, und mit einer entschuldigenden, ungeschickten Geste winkte er mir zu, einer Geste, die ihn mir plötzlich liebenswert machte. Ich fühlte etwas Wärmendes in der Herzgegend, ehe ich noch Zeit hatte, mich meiner europäischen Emotionen zu schämen.

Ich wußte, daß es keinen Zweck gehabt hätte, ihm

meine Begleitung anzutragen. Er wollte natürlich allein sein. Ich genierte mich auch, ihm zu folgen, obwohl mein Interesse erregt war. Aber da ich den berühmten Friedhof schon lange kennenzulernen wünschte, kreiste ich um einen Block, um meinem Freund Zeit zu geben, zu verschwinden, und fuhr dann durch das pompöse Portal des Friedhofs in diesen hinein.

Denn selbstverständlich kannst du in einen amerikanischen Friedhof mit dem Auto fahren.

4

Der Herr in dem kleinen Auskunftskiosk gab mir bereitwilligst Auskunft, wie ich es anzustellen hätte, das berühmte «Last Supper Window» zu sehen. Er drückte mir seine Verzweiflung aus, daß er nicht mit mir gehen könne, um mir alle Sehenswürdigkeiten von Forest Lawn persönlich zu zeigen. Aber er wisse, es würde mir gefallen, und er zweifle keinen Augenblick, daß ich mich hier begraben lassen würde.

Als ich seinerzeit in Mailand im Kloster Maria delle Grazie vor Leonardo da Vincis «Abendmahl» stand, war ich erschüttert, daß das «unsterbliche» Werk zum Sterben verurteilt zu sein schien. Die Jahrhunderte haben den Mörtel der Wand, auf die es gemalt ist, abgeblättert, Feuchtigkeit hat die Farben zersetzt. Die verschiedenen Versuche verschiedener Herrscher, dem Verfall Einhalt zu tun oder es zu restaurieren, haben nur den Erfolg gehabt, daß das Wenige, was noch da ist, nicht mehr von Leonardo da Vinci ist.

Aber am 28. April 1931 ist es wiedererstanden, wie die kleine Schrift sagt, die man dir vor der Besichtigung in die Hand drückt, wiedererstanden in den leuchtenden, unzerstörbaren Farben auf Glas. Im Auftrag der Forest Lawn Memorial Park Company hat die italienische Künstlerin Professora Moretti, die Letzte des Geschlechtes, in dem vom Vater zum Sohne das Geheimnis der Glasmalerkunst in ihrer ehemaligen Vollkommenheit vererbt wurde, in siebenjähriger Arbeit das Meisterwerk wiedererstehen lassen. Und zwar unter Zuhilfenahme der Originalentwürfe aus den europäischen Museen, die ein deutlicheres Bild geben, wie das Werk einst ausgesehen hat, als das, was heute an der zerfallenen Wand der kleinen Kirche in Mailand übriggeblieben ist. Während der sieben Jahre aufopfernder, rastloser Tätigkeit geschah es, daß Judas Ischariot im Glasofen zersprang. Einmal ... zweimal ... dreimal ... viermal. Als er zum fünften Male sprang, verlor die Künstlerin fast den Mut, und sie soll gesagt haben: «Ich weiß nicht, ob der liebe Gott nicht wünscht, daß ich das ‹Abendmahl› vollende, oder ob er nur die Tatsache unterstreichen will, daß einer seiner eigenen Jünger Christus verriet. Ich habe zu ihm gebetet, er möge mir ein Zeichen geben: Ich werde es noch einmal versuchen, und wenn Judas wieder brechen sollte, so will ich das Bild nicht vollenden.» – Sie versuchte es noch einmal, und Judas brach nicht.

Und so steht heute das «Abendmahl» in den Farben, wie sie Leonardo entworfen, die Gestalten in doppelter Lebensgröße, als Fenster in der Kapelle von Forest Lawn Memorial Park. Und hinter dem Fenster steht die kalifornische Sonne und durchtränkt es mit Wärme und Leben. Und da sie jede Stunde anders steht, vermittelt sie jede Stunde eine andere Stimmung. Und es gibt Leute, die es täglich besuchen.

Meine Erwartung war groß. Und so war meine Überraschung.

Wenn du die verfallenen Reste des Originals im Gedächtnis hast, so springt dich das wiedererstandene Gemälde mit einer Frische und Perspektive an, die atemberaubend sind.

«Wahrlich, ich sage euch, einer unter euch wird mich verraten.»

Der Herr hat die Worte gesprochen. Bartholomäus springt auf, Andreas weicht unwillkürlich vor Judas Ischariot zurück, der das Salz verschüttet hat und Jesus fragend anstarrt, der aber seinen Blick vermeidet.

Petrus flüstert Johannes, dem Lieblingsjünger, der, immer zur Rechten Jesu sitzend, bei dem Gedanken an Verrat fast ohnmächtig wird, ins Ohr: «Frag ihn, wen er meint.» – Auf der anderen Seite des Tisches ist Matthäus aufgesprungen, und, während der immer sanfte Philippus dem Herrn den Verdacht auszureden sucht, deutet Matthäus auf Judas Ischariot und ruft: «Der ist es!» – Simon, der Älteste und Weiseste, betrachtet in stummem Staunen die aufgeregte Gruppe. – Der Herr hat den Kopf leicht zur Seite geneigt und blickt auf das Tischtuch. Er sieht niemanden an. Er antwortet auf keine Fragen mehr. Er ist plötzlich allein, und seine Einsamkeit ist groß . . .

Und ohne daß du es merkst, verschwimmt alles um ihn herum, und dein Blick bleibt einzig und allein auf ihm ruhen, der seine Augen niedergeschlagen hält, als schäme er sich der Schlechtigkeit der Menschen. Und du blickst auf seine schmale weiße Hand, die auf dem Tischtuch ruht und durch die man später Nägel trieb, um ihn ans Kreuz zu schlagen, weil er gepredigt hatte: Liebe deinen Nächsten. Als ich eine halbe Stunde später die Kapelle verließ, kamen die ersten Extrablätter über die Atombombe heraus . . .

Es war ein herrlicher Abend. Ich schlenderte durch die Parkanlagen des Friedhofes, in dem Gefühl, daß es auf alle Fälle gut sei, sich mit der Örtlichkeit vertraut zu machen.

Die Gräber im Forest Lawn Memorial Park sind nicht aufgeworfen wie bei uns. Du siehst keine «Gräber». Nur kleine, in den gepflegten Rasen des leicht hügeligen Geländes eingelassene Tafeln zeigen, daß hier, flach unter der Erde, jemand schläft. Und wenn du nicht genau hinsiehst, siehst du auch die Täfelchen nicht, und du kannst dir einbilden, du seiest in einem Park der Lebenden.

Ich besuchte meinen lieben Freund und Mitarbeiter Dickerchen, einen der witzigsten Menschen, den wir vor einigen Wochen hier beerdigt hatten. Er hatte noch keine Tafel. Die Narben im Grase waren noch nicht überwachsen. Er war am Hollywood-Herzen gestorben. Ein Hollywood-Herz ist ein gebrochenes Herz.

Ich verrichtete ein stilles Gebet bei ihm und dachte an seine letzten Worte. Als auf die Nachricht von seiner schweren Erkrankung sein Agent, der sich wenig um ihn bemüht hatte, anrief und fragte, ob er noch irgend etwas für ihn tun könne, sagte er zu seiner Frau, die ihm diese Botschaft ausrichtete: «Ja. Er kann mich am Arsch lecken.»

Es war sein letzter Wunsch.

Dann besuchte ich die mehrstöckige Urnenhalle, doch ihre pompöse Feierlichkeit wollte keine rechte Stimmung in mir aufkommen lassen. Gerade als ich sie verlassen wollte, sah ich am Ende eines langen Korridors in einer Nische eine Gestalt kauern. Sie hielt eine Urne umklammert und hatte ihre Wange gegen den kalten Stein gedrückt. Ihre Lippen bewegten sich. Sie sprach zu der Urne. Jetzt küßte sie sie und erhob sich. Ich konnte mich gerade noch in eine andere Nische drücken, um sie an mir vorbeizulassen. Es war mein Freund, der Hitchhiker. Meine Diskretion war überflüssig. Auch wenn ich mitten in seinem Weg gestanden hätte, hätte er durch mich hindurchgeschaut wie durch eine Glasscheibe. Denn seine Augen waren verklärt und sein Blick nicht von dieser Welt. Und er lächelte.

Nachdem seine Schritte verhallt waren, ging ich zu der Urne. Ich las:

TATJANA

1920–1933

Ein Kind. Sein Kind? Er sprach mit Akzent. Aber ich hatte ihn nicht für einen Russen gehalten. Konnte ein Sechzigjähriger so intensiv einer Tochter nachtrauern, die seit zwölf Jahren tot war?

Mein Interesse für diesen seltsamen Menschen wuchs aufs neue. Ohne noch das Mausoleum zu besuchen – du kannst dich in Forest Memorial Park nicht nur begraben oder verbrennen, du kannst dich auch einbalsamieren lassen – du kannst dich sogar, was du nicht gewußt hast, dort *verheiraten* lassen –, stieg ich in meinen Wagen und verließ den Park, in der Hoffnung, meinen Freund noch aufzugabeln. Und richtig: Vor dem Portal stand er und machte den vorüberfahrenden Autos das Zeichen des Hitchhikens. Ich nahm ihn auf.

«Ich will verdammt sein», sagte er nach einer Weile, «wenn ich Sie nicht schon irgendwo gesehen habe.»

«Ich habe Sie vor einer Stunde hierhergebracht.»

«Oh . . . Und wo waren Sie inzwischen?»

«Ich habe mir das Last Supper Window angesehen.»

Er sah mich mißtrauisch an.

«Waren Sie auch in der Urnenhalle?»

«Nein», log ich. – «Was machen Sie heute abend?»

«Nichts», sagte er.

«Wollen Sie mit mir essen?»

«In einem dieser gottverlassenen Restaurants? Nein!»

«Zu Hause?»

«Ja. – Was gibt es?»

«Wiener Rindfleisch mit allen Schikanen und verschiedenen Saucen. Mögen Sie das?»

«Ich würde meine Seele dafür geben, wenn jemand so blödsinnig wäre, auf diesen Tausch einzugehen. – Bitte treten Sie auf Ihren Accelerator, damit wir heimkommen. Ich habe Hunger.»

Dann versank er wieder in Nachdenken. Für den Rest des Weges nahm er keine Notiz mehr von mir.

5

Meine Frau bewillkommnete unseren Gast mit dem unerschütterlichen Charme einer Hausfrau, die an Kummer gewöhnt ist. Nur ganz heimlich warf sie mir einen Blick zu, daß sie nachher allein mit mir zu sprechen wünsche.

«Ich will verdammt sein», sagte unser Gast, während er meiner Frau die Hand küßte, was den Europäer verriet, «wenn das nicht das erste unverkitschte Bauernhaus im Umkreis von hundert Meilen um Hollywood ist, in das ich meinen Fuß setze. Man hat das unsagbar wohltuende Gefühl, daß Ihre Pferde, Hühner und Schweine, oder was Sie haben mögen, keine Filmstars sind oder Verwandte in der Filmbranche haben. – Ich heiße Johnson, gnädige Frau, und habe vergessen, mich Ihrem Gatten vorzustellen.»

Ich hätte mit ihm um alles in der Welt gewettet, daß er nicht Johnson hieß.

«Sie wissen natürlich, daß ich nicht immer Johnson geheißen habe», wandte er sich an mich, als hätte er meine Gedanken erraten, «aber es ist der Name, unter dem ich hier in Hollywood allgemein unbekannt bin.»

«Ich zerbreche mir den Kopf, was für einen Akzent Sie sprechen», sagte ich und fügte höflich hinzu: «Wenn Sie überhaupt einen sprechen.»

«Ich bin Russe.»

«Also doch.»

«Wieso also doch?» fragte er mißtrauisch.

«Ich war mir nicht sicher», log ich. «Ich hatte eine Weile die Vermutung, verwarf sie dann aber wieder. Sie sprechen ein wunderbares Englisch, wenn ich mir ein Urteil erlauben darf.»

«Ich bin seit zwölf Jahren hier.»

«Eben.» Ich verließ das Thema, um ihn nicht argwöhnisch zu machen, daß ich gern Näheres über seine Vergangenheit gehört hätte.

Während des Essens wurde er gesprächig, sogar etwas aufgekratzt. Er aß mit Appetit, nahm sich aber mit dem Trinken in acht. Nach Tisch gingen wir in die Bibliothek, er nahm sich mit Kennerblick meine beste Zigarre und sank genießerisch in einen Sessel.

«Ein Franzose?» fragte er, auf ein Frauengemälde über dem Kamin deutend.

«Jeder hält es dafür. Nein, es ist von einem jungen Amerikaner deutscher Abstammung. Er mußte in den Krieg. Ich habe nichts mehr von ihm gehört.»

«Wahrscheinlich ist er tot.» Er sagte das mit einer unangenehmen Entschiedenheit. «Kein anständiger Mensch, der etwas auf sich hält, kann diese Zeit überleben.»

Er blickte sinnend auf das Bild.

«Frankreich ...» murmelte er, «... Paris ... Riviera ... St. Rafael ... St. Tropez ...» Er schloß genießerisch die Augen und war im nächsten Augenblick fest eingeschlafen.

Während meine Frau und ich uns noch überlegten, was wir mit ihm anfangen sollten, öffnete er die Augen wieder.

«Ich bitte um Entschuldigung», stammelte er, «ich kann mich an dieses verdammte Klima nicht gewöhnen.»

«Mir ist es im Anfang genauso gegangen», beruhigte ich ihn, «ich bin prompt in jeder Gesellschaft eingeschlafen.»

«Aber sicher nicht in so charmanter», sagte er mit einer artigen Verbeugung zu meiner Frau. «Ich bitte nochmals um Entschuldigung. Aber nun bin ich munter und zu jeder Schandtat bereit.»

«Wie wäre es mit einer Partie Schach?»

«Woher wissen Sie, daß ich Schach spiele?»

«Sie sehen so aus.»

Während meine Frau froh war, sich in ihre Häuslichkeit zurückziehen zu können, gingen wir in mein Arbeitszimmer, das außerhalb des Wohnhauses lag und das meine Frau mir aus einer alten Scheune zurechtgemacht hatte. Mein Gast geriet ganz außer sich über diesen Raum.

«Ja . . .» sagte er mit einem Seufzer. «hier *kann* man schreiben.»

«Vorausgesetzt, daß einem etwas einfällt», sagte ich.

«Das natürlich vorausgesetzt», sagte er, die stumme Einladung, mir seine Geschichte zu erzählen, überhörend.

«Ich bin auf der Jagd nach einem Stoff.»

«Weidmannsheil!» sagte er und ließ sich am Schachtisch nieder.

Wir losten, er bekam Weiß und eröffnete mit einer Variante, die du in keinem Schachbuch findest. Ich hielt sie nicht für sehr günstig, bis ich mich etwa nach dem zehnten Zuge in einer Position befand, wo ich, welchen Stein ich auch bewegen würde, meine eigene Katastrophe herbeiführen mußte. Ich suchte verzweifelt nach einem Ausweg. Es gab keinen. Prüfend sah ich meinem Gegner ins Gesicht. Er hatte seine Augen gar nicht am Brett, sondern ließ sie im Zimmer umherschweifen. Sie schienen die dunklen Ecken des schummrig beleuchteten Raumes durchdringen zu wollen.

«Ich gebe auf», sagte ich, obwohl noch kein Stein vom Brett war. Ich hoffte, mit dieser Geste wenigstens einen Achtungserfolg bei ihm zu erzielen. Er nickte, warf die Steine durcheinander und baute sich die schwarzen auf, um mir Revanche zu geben.

In der nächsten Partie gelang es mir, gleich nach der Eröffnung einen Bauern zu gewinnen. Er schien nicht recht aufmerksam. Seine Blicke schweiften immer wieder in die eine Ecke des Zimmers, wo mein Cello lehnte. Seine Augen waren noch wässeriger als sonst. Tränen vielleicht? Es gelang mir, einen zweiten und einen dritten Bauern zu gewinnen. Und dann war ich plötzlich matt.

«Ein italienisches Instrument?» fragte er, während er die Steine zusammenwarf, auf das Cello deutend.

«Ja.»

«Darf ich?»

Er näherte sich dem Instrument und nahm es fast zärtlich in die Hand. Er brachte es zum Licht. Seine Augen glitten verliebt über die edlen Formen. Er hob es empor, es an Hals und Stachel haltend, und blickte in die F-Löcher. Und fast hätte er es fallen lassen. Ich wußte, was er las:

Antonius Stradivarius Cremonensis
Faciebat Anno 1700. (A/S.)

«Nein!» rief er aus.

«Es gibt Fachleute, die die Echtheit bezweifeln», dämmte ich seine Begeisterung ein. – «Wollen Sie es anstreichen?»

«Nein», sagte er fast ehrfürchtig. Und nach einer Weile setzte er fast unhörbar hinzu: «Nicht ich. Wie klein und händig es ist...» sagte er, seine Augen nicht von dem Instrument lassend.

«Wie eine Geliebte», sagte ich.

Er starrte mich an. Geisterbleich. Alles Blut war aus seinem Gesicht gewichen.

Ich tat, als bemerkte ich die Veränderung nicht, und setzte scherzend hinzu: «Natürlich darf man nicht daran denken, daß die kleine Geliebte zweihundertfünfundvierzig Jahre alt ist.»

«Nein», schluckte er, «das darf man natürlich nicht . . . und . . . jetzt muß ich gehen.»

Kein Zureden half.

«Wenn Sie die Güte haben wollen, mich zur nächsten Station zu bringen, wo ich einen Zug nach Los Angeles bekommen kann . . .»

«Darf ich Sie nicht nach Hause fahren . . .?»

«Nein», sagte er grob.

Er wollte offenbar nicht, daß ich wußte, wo und wie er lebte.

Nebel war gefallen und zwang zum Schrittfahren. Ich brauchte fünfundzwanzig Minuten zu der kleinen Station am Chandler Boulevard und Woodmann Avenue, was ich sonst in drei Minuten machte.

Mein Gast war wieder in völliges Schweigen verfallen.

«Ich denke, wir warten im Auto, bis der Zug kommt», schlug ich vor.

Und ich knipste das Licht im Wagen an.

«Das ist sehr gütig von Ihnen», blinzelte er.

Die Heulsirene des Zuges ertönte aus der Ferne.

«Sie müssen nicht böse sein», sagte er plötzlich, «wenn ich manchmal ein bißchen . . . abrupt bin . . . Ich habe meine Nerven nicht immer in der Gewalt . . .»

Er hatte seine zerfledderte Brieftasche gezogen

und fingerte in ihr herum. Er brachte eine alte Fotografie zum Vorschein. «Wissen Sie, wer das ist?»

Es war das Bild eines blühenden, sportlichen, äußerst kräftigen Mannes.

«Nein», sagte ich.

Er deutete mit dem Daumen auf sich und weidete sich an meinem Erstaunen. «Ja, ja», sagte er, «man sollte nicht glauben, was für Kleinigkeiten auch den kräftigsten Mann ruinieren können ... was für reizende Kleinigkeiten! ...»

Der Zug fuhr ein. Er bestieg ihn und winkte mir zu. Der Nebel verschluckte beide.

6

Erst drei Monate später sah ich ihn wieder. Die Regenzeit hatte eingesetzt. Du weißt, daß in Kalifornien alles etwas übertrieben ist. Wenn es trocken ist, dann ist es so trocken, daß die Bäume den Hunden nachlaufen, und wenn es regnet, fallen die Wolken als ein solides Ganzes auf die Erde und verwandeln Straßen in Sturzbäche und Mulden in Seen, in denen alles umkommt, was sich gerade dort befindet. Da die Wasser jedem Kanalisationsversuch spotten, hat man es gar nicht erst versucht. Wenn sie kommen, kommen sie, und wenn sie wieder gegangen sind, rechnet man den Schaden zusammen, der sich stets auf mehrere Millionen beziffert, wobei ein Huhn mit 0,95 Dollar im Kurs steht, während Menschen nicht notiert werden. Wahrscheinlich, weil sie keine Eier legen.

Der Regen hatte erst vor wenigen Minuten eingesetzt, aber ich kam schon zu spät, meine Zeitung zu retten. Sie trieb in ruhiger Majestät nach Norden ab, meinem Nachbarn zu. Aber ich hatte ja auch südliche Nachbarn, sagte ich mir, vielleicht ... Und ehe ich den Gedanken zu Ende gedacht hatte, siehe, da kam die Zeitung meines südlichen Nachbarn dahergetrieben. Die Funnypapers in ihren bunten Farben leuchteten verführerisch. Bis zu den Knien im Wasser versuchte ich, ihnen den Weg zu verlegen, trat in ein Loch und verschwand unter den Fluten. Aber die Funnypapers hatte ich erwischt, ich preßte sie an mich, arbeitete mich aus dem Loch und strebte meinem Farmtor wieder zu, wo Winnetou, mein englischer Setter, stand, der mich nicht ohne Interesse beobachtet hatte. Selber triefend wie eine Brunnenfigur, suchte er mir unter kleinen Verbeugungen die Hand zu lecken, als ob ich noch nicht naß genug wäre. Während ich ihm Vorwürfe machte, daß er seinen Herrn hätte ersaufen lassen, ohne auch nur einen Muskel zu bewegen, wobei er heftig mit dem Schwanze wedelte, hörte ich jemanden um Hilfe rufen.

Etwa hundert Meter entfernt hing ein barhäuptiger Mann waagrecht an einer Telegrafenstange. Oder beinahe waagrecht. Mit seinen Armen hatte er den

Mast umspannt, während seine Beine von den wütenden Wassern weggespült wurden. Einem normal kräftigen Manne hätte das nicht passieren können, aber er war abgemagert und schlank wie ein Skelett, und mein scharfsinniger Leser hat bereits erraten, daß es mein Freund Mr. Johnson, oder wie er sonst nicht hieß, war. Ich arbeitete mich zu ihm hinüber. Das Rettungswerk wurde dadurch erschwert, daß Winnetou, der mich begleitet hatte, versuchte, meinen Freund in die Füße zu beißen, so oft ich versuchte, diese auf den Boden zu stellen. Als ich ihn endlich glücklich zum Farmtor gebracht hatte, vermißte ich Winnetou. Er war abgetrieben worden. Ich sah seinen weiß und schwarzen Kopf nordwärts davonsegeln. Ich lehnte meinen Freund an das Farmtor, riet ihm, sich festzuhalten, und machte mich an die Verfolgung Winnetous. Zum Glück war es ihm gerade gelungen, festen Fuß zu fassen und sich aus dem Graben herauszuarbeiten. Er kehrte in großen Bögen, jede Tiefe vermeidend, zu uns zurück.

Vor die Wahl gestellt, ob wir uns erschlagen lassen sollten, wenn wir in unserem Zustand versuchen würden, das Haupthaus zu betreten, oder hier draußen zu verkommen, wählten wir eine dritte Möglichkeit, nämlich mein Arbeitszimmer, das, wie bereits erwähnt, sich in einem kleinen, abseits gelegenen Haus befand, zu erreichen. Winnetou hatte inzwischen begriffen, daß Mr. Johnson kein persönlicher Feind von mir war, und hatte seine Angriffe auf ihn eingestellt. So schob ich meinen Freund, der sich kaum auf den Beinen halten konnte, vor mir her, mit Kurs auf mein Privathaus. Der Regen war so dicht geworden, daß man keine zwei Schritte weit sehen konnte. Der ganze Rasen war eine einzige Wasserwüste. Alle Grenzen waren verwischt.

«Wir müssen uns vorsehen, daß wir nicht ins Swimmingpool . . .»

Ich brauchte den Satz nicht zu vollenden, denn wir waren schon drin. Wäre Mr. Johnson Nichtschwimmer gewesen und hätte sich an mich geklammert, so wären wir beide ersoffen. Zum Glück war er ein ausgezeichneter Schwimmer, und das Bad schien ihn sogar zu beleben.

«Wollen wir nicht hierbleiben?» fragte er, während wir dem Rande zustrebten. «Es ist hier drinnen entschieden trockener als draußen.»

Angrenzend an mein Studio befindet sich ein Baderaum für Gäste, damit sie baden ehe sie baden. Hier nahmen wir jeder eine heiße Dusche, auch

Winnetou zwang ich dazu. Dann wickelten wir uns in die dort liegenden Bademäntel, machten es uns vor dem flackernden Kamin mit zwei Pfeifen und einer Flasche Whisky bequem. Winnetou fing an zu stinken, wie es nur ein nasser Jagdhund kann, kam aber gegen unsere Pfeifen nicht auf.

Und in dieser Atmosphäre erzählte mir mein Freund, der in seinem Bademantel aussah wie Mahatma Gandhi, eine der seltsamsten Geschichten, die ich je gehört habe.

7

«Ich werde bald sterben», begann er, «und möchte es tun in dem Bewußtsein, daß jemand da ist, der überwacht, daß mein testamentarisch niedergelegter Letzter Wille buchstäblich erfüllt wird. Ich habe ein albernes, durch keinerlei Tatsachen berechtigtes Vertrauen zu Ihnen. Wollen Sie dieser Jemand sein?»

«Mit Vergnügen.»

«Danke. – Ich erzähle Ihnen dafür meine Geschichte, die Sie, wenn Sie wollen, nach meinem Tode veröffentlichen mögen, vorausgesetzt, daß Sie die Namen ändern. – Ist dieser Vorschlag akzeptiert?»

«Ja.»

«Ich habe Ihr Wort, daß Sie meinen Letzten Willen erfüllen werden?»

«Ja.»

Ich reichte ihm die Hand. Er hielt sie einen Augenblick fest.

«Wie schön, diese europäische Sitte des Händegebens ist. Man gewöhnt sie sich ganz ab in diesem Lande. Der Amerikaner liebt es nicht, wenn man ihm die Hand gibt. Er hat schon zwei und weiß gar nicht, was er mit einer dritten anfangen soll. – Wovon sprachen wir gerade?»

«Sie wollten sterben ...»

«O ja! ... Und ich wollte Ihnen meine Geschichte erzählen ... Geben Sie mir noch einen Whisky und sparen Sie sich die Mühe, Wasser hineinzugießen ... Danke ... Das ist der schönste Hund, den ich je gesehen habe ... Kann er noch mehr als stinken? ... Prosit!»

«Prosit!»

Er setzte das Glas mit abgespreiztem kleinen Finger an den Mund und leerte es auf einen Zug.

Im Ersten Weltkriege – begann er – kämpfte ich auf russischer Seite. Ich erwähne das nur der Ordnung wegen, denn es ist eigentlich wurst, auf welcher Seite man in diesen idiotischen Weltkriegen kämpft, solange man sie überlebt. Ich kam in deutsche Kriegsgefangenschaft, und als 1917 in Rußland die Revolution ausbrach, beschloß ich, nicht dorthin zurückzukehren. Ich erwarb die deutsche Staatsbürgerschaft.

Meine fließende Beherrschung der deutschen Sprache, vereint mit großen Beziehungen durch meine deutsche Frau, die Tochter eines Arztes, ermöglichten es mir, meine deutsche Ärzteprüfung zu machen. Meine Praxis ging nur leidlich, bis ich mich auf das Verschönern von Menschengesichtern verlegte. Sie werden kaum glauben, welche Befriedigung dieser Beruf auslöst. Ein Patient, den Sie als Arzt aus den Klauen des Todes gerettet haben, vergißt Sie spätestens nach drei Monaten. Ein Mensch, dem Sie sein Selbstbewußtsein wiedergegeben haben, dankt es Ihnen sein Leben lang. Der Moment, wenn Sie der Patientin – meistens sind es Patientinnen – zum erstenmal den Spiegel reichen und Sie die Wirkung in ihren Augen beobachten, ist, sofern Sie ein Mensch sind, größer als der, wenn Sie das nicht zu niedrige Honorar dafür einstreichen. Die Wandlung des Charakters ist erstaunlich und immer zum Guten. Meinen größten Triumph erlebte ich, als eine junge Frau, die aus Minderwertigkeitskomplexen zusammengesetzt war und buchstäblich einem Mann nicht in die Augen zu blikken wagte, nach erfolgter Verschönerung anfing, mit mir zu kokettieren in einer Weise, die Kleopatra vor Neid erblassen gemacht hätte. Ich kann Ihnen nicht sagen, wie unendlich rührend das war. Und ich will

Schönheit ist teuer . . .

verdammt sein, wenn ihre Bemühungen nicht erfolgreich waren . . . Das nur nebenbei. Sie wissen, daß uns die Wissenschaft noch heute über die Achsel ansieht. Und mit Recht. Denn natürlich können wir mit unseren Versuchen, das Menschenantlitz zu veredeln, nicht gegen so zünftige Erfindungen wie die Atombombe aufkommen . . . Was ich sagen wollte, ist, daß ich durch meinen Sinn für Schönheit viele Menschen glücklich gemacht habe, und daß ich keine rechte Logik darin erblicken kann, warum es gerade mein Sinn für Schönheit sein mußte, der meinen Ruin herbeiführen sollte. – Seien Sie nicht so geizig mit Ihrem Whisky!

Meine Praxis blühte auf wie eine Pfingstrose. Ich wurde eine Berühmtheit. Nach einem Jahr hatte ich meine eigene Klinik in Berlin, mit einem Stab von Assistenten und Schwestern. Bald beschwerten sich meine Frau und meine beiden Töchterchen, daß sie nichts mehr von mir hätten. So versprach ich ihnen, mich vier Monate im Jahr ausschließlich ihnen zu widmen. Ich kaufte ein kleines Haus in Kolberg, dem deutschen Ostseebad, und dort verlebten wir alljährlich den Sommer, procul negotiis, wie der Lateiner sagt. Das blieb nicht lange so. Bald sprach es sich herum, daß ich dort lebte, und die Gäste des fashionablen Bades kamen, um mich zu konsultieren und Verabredungen für den Winter zu treffen. So mußte ich eine tägliche Sprechstunde einrichten. Aber das war alles, was sich meine Familie abknapsen ließ, und alles, was ich willens war, mir abknapsen zu lassen.

So standen die Dinge, als ich eines Frühherbstmorgens, frisch gebadet, aber mutterseelenallein, an meinem Frühstückstisch saß und die «Pommersche Zeitung» öffnete. Von dem nahen Schreibtisch lachte mich das Bild meiner Frau und meiner Töchterchen an, die leiblich bereits nach Berlin vorausgeeilt waren, um «Pennemätzchen» – das bin ich – den Anblick von Koffern zu ersparen. Ich öffnete die Zeitung und las unter «Kunst und Wissenschaft» eine Notiz, wonach das russische Wunderkind, die dreizehnjährige Cellistin Tatjana Ivanovna Petrova, die vor acht Tagen bei ihrem Debut in Berlin mit dem Philharmonischen Orchester eine lebensgefährliche, in den Annalen der Berliner Musikgeschichte unerhörte Sensation ausgelöst habe, hier in Kolberg am nächsten Sonnabend – das war übermorgen – mit dem verstärkten Kurorchester, unter Leitung seines bewährten Dirigenten Dr. Schmidt, ihr Berliner Programm wiederholen werde. Zum Vortrag kämen unter anderem das a-Moll-Konzert von Volkmann und die Ungarische

Rhapsodie von Popper. Und man täte gut, sich rechtzeitig Karten in der Musikalienhandlung von Kleinholz zu besorgen.

Ich habe ein Mißtrauen gegen Wunderkinder. Und was mich in diesem Falle besonders reizte, war die Tatsache, daß ein dreizehnjähriges Mädchen eine Passage sollte spielen können, an der ich dreißig Jahre vergeblich geübt hatte. Wie, zum Henker, war es möglich, daß ein dreizehnjähriges Kind ein so unhandliches Instrument wie das Cello, das schon an die rein körperliche Kraft hohe Anforderungen stellt – du hast von Wunderkindern als Pianistinnen oder Geigern gehört, aber nie von Cellistinnen –, wie war es möglich, dachte ich, daß ein dreizehnjähriges Mädchen dieses ebenso wunderbare wie widerborstige Instrument über hundertzwanzig Philharmoniker hinweg zum Siege führt, um die noch widerspenstigeren Berliner in einen Taumel der Begeisterung zu versetzen? Pure Neugierde war es, zusammen mit der Tatsache, daß Tatjana eine Landsmännin von mir war, die mich bewog, den Hörer von der Gabel zu nehmen, um gnädig eine Karte bei Kleinholz zu bestellen.

Herr Kleinholz, ein persönlicher Freund von mir, war selbst am Apparat und lachte mir glatt in das Gesicht oder vielmehr in den Hörer. Ob ich auf dem Monde lebe? Die Zeitung mit der Notiz sei, wie ich freundlichst nachprüfen möge, von gestern, und zwei Stunden nach Erscheinen der Notiz sei kein Platz mehr zu haben gewesen. Er sei daran, bei der Feuerpolizei durchzusetzen, daß er Stühle einstellen dürfe. Wenn ihm das gelänge, wolle er einen für mich reservieren. Das Mädel sei die Sensation des Jahrhunderts, und ich als ihr Landsmann solle mich schämen, noch nichts von ihr gehört zu haben. Und ich schämte mich. (Das war der erste Halt, den Tatjana über mich gewann.) Und ich gelobte mir, daß ich mich zur Strafe in den Frack stürzen würde, wenn es Herrn Kleinholz noch gelingen sollte, einen Platz für mich zu ergattern.

Eine halbe Stunde später telefonierte mir Herr Kleinholz, daß der diensttuende Kurhausarzt erkrankt sei und daß ich seinen Platz in der ersten Reihe haben könne.

8

Der große Kurhaussaal war lebensgefährlich überfüllt. Herr Kleinholz hatte seine Stühle bei der Feuerpolizei zwar nicht durchgesetzt, aber Stehplätze hatte er weit über die übliche Anzahl verkaufen dürfen. Die Leute standen in den Gängen. Der Orchesterraum vor der Bühne quoll über von Menschen, die sich die Hälse ausreckten, um auf die Bühne schauen zu können, wo sich die Musiker befanden und jenes kleine heilige Podium, das die Solistin des Abends tragen sollte.

Der Anfang verzögerte sich um zwanzig Minuten. Man wisperte bereits, daß Tatjana von einem plötzlichen Unwohlsein befallen sei und wahrscheinlich nicht auftreten könne, als der Dirigent Dr. Schmidt erschien. Der Applaus, mit dem er empfangen wurde, war etwas gedämpft durch die Erwartung einer Hiobspost, aber das Gefürchtete trat nicht ein. Er klopfte an das Pult, hob den Stab und Beethoven brauste zu uns herab, über uns hinweg.

Herr Dr. Schmidt erntete wohlverdienten Beifall, als er den Stab wieder senkte. Als er nach den üblichen Hervorrufen ins Künstlerzimmer verschwand, wuchs die Spannung ins Fieberhafte. Das Programm versprach als nächstes das a-Moll-Konzert von Volkmann mit Tatjana Ivanovna Petrova als Solistin. Das Gerücht, daß ihr etwas zugestoßen sei, wollte nicht verstummen. Die Spannung war unerträglich und ansteckend. Ich war aufgeregt wie ein Gymnasiast. Die Unruhe wurde noch erhöht, als sich die Türen auftaten und Graf Dietz von Hohenturm in Frack und Rollstuhl hereingerollt wurde. Sie werden ihn kennen, wenn Sie Berlin kennen. Zwei Diener halfen ihm aus dem Rollstuhl und balancierten ihn zu dem Sitz neben mir.

«Tag», sagte er, als ich ihn begrüßte, «komme ich zu spät?»

«Nicht für Tatjana», flüsterte ich. «Haben Sie sie in Berlin gehört?»

«Ob ich sie gehört habe?!» keuchte er. «Ha!» Und er griff in seine Brusttasche. Er brachte ein zerknittertes Blatt Papier zum Vorschein, das er mir mit zitternden Händen unter die Nase hielt. «Das ist das Verzeichnis der Städte ihrer Konzerttour. Ich werde in jedem Konzert sein. Das Leben ist wieder lebenswert!»

Er fummelte an seinem Marineglas herum, das jedem Berliner Theaterbesucher bekannt ist und das er gebrauchte, auch wenn er in der ersten Reihe saß – und er saß immer in der ersten Reihe –, und stellte es auf das kleine Podium ein.

«Hoffentlich kann sie spielen», sagte ich. «Ich höre, sie ist krank.»

Wenn ich ihm erzählt hätte, daß die Bolschewisten seine Güter konfiszierten, wäre sein Kinn nicht tiefer gesunken.

In diesem Augenblick erhob sich das ganze Orchester auf der Bühne wie ein Mann. Applaus stieg auf. Die Geiger schlugen mit ihren Bögen gegen die Rükken ihrer Violinen.

«Da ist sie!» brüllte Hohenturm, und er faßte sich mit der Hand an die Kehle, als ob er ersticke.

Der Applaus von der Bühne sprang über zum Publikum, und Dietz klappte in seine gewaltigen Pfoten und ließ dabei aus seiner gesteiften Hemdbrust ein Stöhnen ertönen wie ein sterbendes Pferd.

Tatjana – gepriesen sei ihre Mutter – war nicht als Wunderkind zurechtgemacht. Sie kam in einem einfachen, dunkelblauen langen Samtkleidchen, das ihre schlanke Gestalt umfloß wie ein Gedicht und das ihre dreizehn Jahre eher vergessen machte als unterstrich. Sie bahnte sich mit schnellen Schritten ihren Weg durch das Orchester, ihr Cello hoch vor sich hertragend, gegen den Protest des sie begleitenden Dirigenten Dr. Schmidt, der versuchte, ihr das Instrument abzunehmen, da er wohl der Ansicht war, daß sie zu schwach sei, es zu tragen. Tatjana war in der Tat blaß wie der Tod.

«Sie ist krank», hauchte Hohenturm.

Tatjana stand jetzt auf dem Podium. Sie verneigte sich gegen das Orchester und gegen das Publikum. Dann setzte sie sich und prüfte die Stimmung ihres Instrumentes, eines dunklen, verheißungsvollen italienischen Dinges. Sie neigte ihr Ohr über das Griffbrett, um durch den noch immer nicht abnehmenden Applaus etwas zu hören. Sie mußte noch einmal aufstehen und sich verneigen. Dann trat Stille ein.

Dr. Schmidt, am Dirigentenpult stehend, drehte sich zum Publikum und öffnete zwei Reihen prachtvoller falscher Zähne, um etwas zu sagen. Aber ein kleiner Ausruf Tatjanas ließ ihn zu ihr blicken. Sie schüttelte den Kopf, ihm dabei ein Paar Grübchen zeigend, über die man Bände schreiben könnte. Darauf unterließ Dr. Schmidt zu sagen, was er hatte sagen wollen, zuckte mit den Achseln und klopfte ans Pult.

Die Geiger setzten die Bögen auf die Saiten.

Noch ein Blick Dr. Schmidts zu Tatjana. Sie nickte. Und los brauste das Allegro.

Während der ziemlich langen Einleitung des Orchesters hatte ich Muße, Tatjana zu betrachten. Ihre Augen, die in stummem Staunen an dem Dirigenten hingen, als höre sie zum ersten Male dieses Konzert, waren von einem hellen Mausgrau, die Pupillen nur wenig dunkler als die Iris. Ich weiß nicht, welchen Effekt diese Art Augen auf Sie haben, auf mich wirken sie verheerend.

«Schauen Sie sich den Mund an», flüsterte Hohenturm.

Ich hatte ihn bereits bemerkt. Er war groß und nackend. Natürlich, werden Sie sagen, Kinderlippen pflegen keinen Schnurrbart zu tragen. Und doch, wenn ich diesen Mund charakterisieren soll, muß ich wiederholen, er war aufgeworfen und von einer erschreckenden Nacktheit. Ihr dunkles Haar fiel in sanften, natürlichen Wellen auf ihre Schultern. Die Brauen waren schmal und liefen in ungleichen Kurven. Die Herausforderung dieses Gesichts stand in merkwürdigem Gegensatz zu der Distinktion ihres Kleides. Es sah aus wie das Junge eines Abendkleides. Oder wie die liebenswürdige Persiflage eines solchen. Die langen Ärmel endeten an den Handgelenken in kleinen Puffs. Das V-förmige «Dekolleté» war von einer rührenden Überflüssigkeit. Aber es war da, nicht wahr? Unnötig zu sagen, daß sie keinerlei Schmuck trug. Nur eine russische Mutter kann ihre dreizehnjährige Tochter zugleich mit solchem Takt und solchem Raffinement kleiden.

Der arme Dietz seufzte, während ich versuchte, mich gegen die Macht, die von diesem halben Kind ausstrahlte, zu sträuben.

Wie wunderbar stand das dunkle Blau des Kleides zu dem Weiß ihrer Hände und dem satten Braun des Cellos! Die unendlich schmalen Finger der Linken lagen noch untätig in vierter Lage auf dem Griffbrett und verrieten noch nichts von der unheimlichen Kraft, die ihnen innewohnte.

Da, jetzt, drei Takte vor ihrem Einsatz, wiegte sie den ganzen Körper im Rhythmus des Orchesters, ihr Mund öffnete sich ein wenig, und dann – – –!

Mit langen, entschiedenen Strichen schwang sie sich mit dem herrlichen Thema über das Orchester, als hätte sie Flügel. Weit daherschreitend folgten sich die Töne, noch gehalten, aber vorwärtsdrängend mit unheimlicher Dynamik. Und sie legte ein Tempo vor, das mich erbeben ließ bei dem Gedanken an die gleich einsetzende Passage, an der meine dreißigjährigen Bemühungen noch stets gescheitert waren. Da – jetzt kam die Stelle. Sie hob die linke Braue ein wenig, und – humsti bumsti, hast du nicht gesehen – wie Gespenster flogen die Finger über die Saiten. Sie schmiß die Passage ins Publikum, wie man einem Hund einen Knochen hinwirft.

Und schon war sie wieder in ruhigerem Fahrwasser, als wäre nichts geschehen.

Ich tupfte mir den Schweiß von der Stirn, und der Dirigent tat dasselbe. Er versuchte, das Tempo ein wenig zu drücken mit Rücksicht auf die herannahende Oktaven-Doppelgriffstelle, die ich nicht einmal lesen, geschweige denn spielen konnte. Aber Tatjana drängte schon wieder. Sie wandte den Kopf ein wenig, wie um sich zu vergewissern, ob das Orchester noch vorhanden sei, und dann raste sie mit verhängten Zügeln auf den Oktavenabgrund zu. Und sie sprang in diesen Abgrund hinein, als sei er die blumigste Wiese und als sei diese Stelle die leichteste vom ganzen Konzert und als spiele sie sie eigentlich nur aus Gefälligkeit.

Von da an weiß ich nicht mehr viel. Ich war wie in einem Taumel. Ich erwachte erst wieder von einem Krachen, als ob das Haus zusammenstürze, und von einem Stoß, den mir Dietz in die Rippen versetzte, während er mir zubrüllte: «Applaudieren Sie doch!» Dann kam die Pause, durch die das Publikum durchapplaudierte. Niemand verließ seinen Platz. Mit Rücksicht auf den verspäteten Anfang entschloß sich Dr. Schmidt, die Pause drastisch zu verkürzen. Schon nach zwei Minuten erschien er und hob den Stab zum Beginn des 2. Teiles. Die Orpheus-Ouvertüre stieg.

Und dann kam Tatjana wieder, empfangen von einem Orkan der Begeisterung. Sie spielte das Andante in a-Moll von Bach aus der Sonate für Violin-Solo in der Bearbeitung von Casals. Sie spielte es mit einer Einfachheit, Innigkeit und Tiefe, die dich wundern machte, was für eine erwachsene Seele in diesem Kinderkörper wohnte.

Dann spielte sie das Menuett aus der Sonate Nr. 3 von Haydn. Mit einer Schelmerei, Bruder, die dir das Herz hörbar lachen und dich zu einem besseren Menschen machte. Und die dich auf allerhand gefaßt sein ließ für die letzte Programmnummer: Ungarische Rhapsodie von Popper.

Quatsch, sage ich, niemand konnte ahnen, was ihm

bevorstand. Ich will nicht sprechen von dem Andante maestoso, das sie vor dir ausbreitete wie einen Teppich, ich will nicht sprechen von dem Andante, mit dem sie dich einlullte, und jedes Mißtrauen, als hätte sie noch irgend etwas mit dir vor, beseitigte, ich will sprechen von dem Presto, mit dem sie dich dann plötzlich und hinterrücks ansprang.

In diesem Presto jagt sie in einem Schlitten mit sechs schellenbestückten Pferden über die ungarische Pußta. Erst noch von fern. Und dann kommt sie näher und näher. Und dann ist sie so nahe, daß sie über dich hinwegsaust. Und das Orchester ist wie eine Meute Wölfe hinter ihr her. Und Tatjana sieht sich um nach den Wölfen, und ihr Bogen wird zur Peitsche, sie senkt sich tief über das Cello. Und sie rast dem Orchester davon. Dr. Schmidt hat es aufgegeben zu dirigieren. Mit verschränkten Armen sieht er dem Wettlauf zwischen Tatjana und dem Orchester zu – ein genialer Einfall, für den ich den alten Kerl hätte umarmen können –, und das Orchester, losgelöst von seinem Stab, setzt hinter Tatjana her, die immer um Haaresbreite voraus ist. Schmidt hebt erst wieder den Stab, um den letzten Akkord herunterzuschlagen, mit dem Tatjana sich hat einholen lassen.

Und dann dachte ich, das Haus bricht zusammen.

Nie in meinem Leben habe ich eine so tobende, brüllende, trampelnde Menge gesehen.

Tatjana erschien nicht, sich zu bedanken.

Statt dessen erschien nach einer Weile Dr. Schmidt, betrat das Podium und bedeutete, daß er sprechen wolle.

Es wurde mäuschenstill.

«Meine Damen und Herren», sagte er, «Tatjana Ivanovna Petrova hat mich gebeten, Ihnen in ihrem Namen zu danken, da sie selbst dazu nicht mehr fähig ist. Ich kann Ihnen jetzt verraten – was sie mir vor dem Konzert zu tun verboten hatte –, daß sie bis eine halbe Stunde vor Beginn in einer Art Nervenfieber lag, das leider nicht nur Lampenfieber gewesen sein kann, da ihr dieses fremd ist. Sie ist jetzt völlig erschöpft und bittet Sie, es ihr zu verzeihen, wenn sie Ihre Bitten um Zugaben nicht erfüllen kann. – Ich brauche Ihnen nicht zu versichern, daß ich alles aufgeboten hatte, um Sie, meine Damen und Herren, um den Genuß des heutigen Abends zu bringen, weil mir die Gesundheit der Künstlerin wichtiger erschien. Es ist mir nicht gelungen. Sie bestand darauf, zu spielen, und ich mußte nachgeben, um ihren Zustand nicht zu verschlimmern. – Meine Damen und Herren, ich bin ein alter Mann und mache mir nicht mehr viel aus dem Leben, aber ich danke meinem Schöpfer, daß er mich diesen Abend hat erleben lassen. – Und ich bitte den diensttuenden Arzt, ins Künstlerzimmer zu kommen.»

Ich schwang mich über die Brüstung des Orchesters, hilfreiche Hände umklammerten meine Beine und trugen mich durch die Breite des Orchesters bis zur Rampe, wo Dr. Schmidt stand, der mich in Empfang nahm. Ich machte eine Geste zum Publikum, daß es nach Hause gehen könne, und folgte Dr. Schmidt ins Künstlerzimmer.

9

Tatjana lag auf einer Chaiselongue, zugedeckt mit dem Sommerpelz ihrer Mutter. Die Mutter, unverkennbar an dem feinen Schnitt des Gesichts und der seltsamen Farbe der Augen, kniete vor ihr und massierte ihr die Schläfen. Zu Füßen Tatjanas hockte ein altes, verhutzeltes russisches Weiblein und versuchte, mit ihrem Atem Tatjanas kalte Füßchen zu erwärmen. Sie lamentierte. «Ich habe es dir gesagt, Alexandra, es war zuviel für die Nerven des kleinen Engels . . .»

«Schwatz keinen Unsinn, Maruschka», antwortete die Mutter in einem wunderbar beruhigenden Alt. «Tatjana ist kein Engel und hat das Nervensystem einer Feuerspritze, und du weißt das! Es muß etwas Körperliches sein, das . . .»

«Wenn ich helfen kann . . .» sagte ich auf russisch und stellte mich vor. «Dr. Boris Michailowitch Leventieff.»

«Ein Russe!» rief Alexandra.

«Ein Russe!» rief Maruschka.

Alexandra umarmte mich ohne weiteres, während Maruschka versuchte, mir die Hand zu küssen.

«Helfen Sie uns, Boris Michailowitch», sagte Alexandra und deutete auf die immer noch ohnmächtige Tatjana.

Ich hob Tatjana, die leicht war wie eine Feder, in meine Arme – die damals noch die Arme eines Athleten waren, wenn Sie nichts dagegen haben, verehrter Herr, und trug sie, gefolgt von Alexandra und Maruschka, die Treppen hinunter, durch die wartende Menge, der ich ein paar beruhigende Worte zurief, zu meinem Auto.

Ich fuhr mit meiner kleinen russischen Kolonie zum Strandhotel, wo sie wohnten. Ich wies Maruschka an, Tatjana zu Bett zu bringen, während ich von Alexandra einige Aufklärungen zu erlangen suchte. Nach ihren Ausführungen war Tatjana bis gestern mittag völlig normal gewesen und hatte keine Spur von Lampenfieber oder irgendeiner besonderen Erregtheit gezeigt. Sie hatten um 4.06 nachmittags Berlin verlassen wollen. Im Auto, auf dem Wege zum Stettiner Bahnhof, war es Tatjana eingefallen, daß sie ihre Noten vergessen hatte. Da es zum Umkehren zu spät war – es mußte noch großes Gepäck aufgegeben werden –, hatte Tatjana den Vorschlag gemacht, allein umkehren zu wollen, während Mutter und Maruschka – (die, wie ich bei dieser Gelegenheit erfuhr, Alexandras Amme und Tatjanas Kindermädchen gewesen war) – zum Bahnhof fahren und das Gepäck aufgeben sollten. Es war vereinbart worden, daß, falls es Tatjana nicht mehr schaffen sollte, zur Abfahrtszeit am Bahnhof zu sein, ihre Mutter vorausfahren und Maruschka Tatjana im Wartesaal treffen solle. Sie würden dann mit dem nächsten Zug nachkommen. Es war wichtig, daß die Mutter vorausfuhr, um die in Kolberg für zehn Uhr abends angesetzte Verständigungsprobe mit Dr. Schmidt wahrzunehmen. Alexandra, eine hervorragende Pianistin, war imstande, Dr. Schmidt über jede Nuance und jedes Tempo in Tatjanas Auffassung aufzuklären, was die für den nächsten Morgen angesetzte Orchesterprobe erleichtern sollte.

«Tatjana», beendete Alexandra ihren Bericht, «erschien nicht um vier Uhr, und so fuhr ich, wie verabredet, voraus und ließ Maruschka zurück. Und wie mir diese erzählte, hätte Tatjana fast auch den nächsten Zug versäumt. Sie kam im letzten Moment und befand sich in höchster Aufregung. Sie hatte die Noten nicht gefunden. Sie hatte die ganze Wohnung durchsucht, und zum Überfluß beim Weggehen in der Eile ihr Herbstmäntelchen mit einem Sommermäntelchen verwechselt. – Wahrscheinlich hat sie sich hierbei erkältet. – Im Zug ist sie dann vor Erschöpfung eingeschlafen und wurde von Angstträumen gequält, so daß Maruschka sie ein paarmal aufrütteln mußte. Als ich Tatjana am Bahnhof in Kolberg in Empfang nahm, kannte ich sie kaum wieder, so blaß und verstört war sie. Zum Glück konnte ich sie wegen der Noten beruhigen. Ich hatte sie inzwischen im großen Koffer gefunden. Und zwar in einer Lade, die Tatjana selbst gepackt hatte.»

«Und hat Ihre Erklärung über die Auffindung der Noten sie beruhigt?» fragte ich.

«Natürlich. – Trotzdem schrie sie in der Nacht noch ein paarmal auf. Heute morgen hatte sie Orchesterprobe. Nach der Probe bestand ich darauf, daß sie zu Bett ging. Da wiederholten sich ihre Angstzustände bis zu Fieberausbrüchen, so daß ich das Konzert absagen wollte. Als sie das hörte, stand sie auf und – das übrige haben Sie miterlebt. Sie hat wunderbar gespielt, nicht wahr? – Ich glaube, sie war besser als in Berlin.»

«Hatte sie Lampenfieber vor ihrem Debut in Berlin?»

«Nicht die Spur. In der Stadtbahn, auf dem Weg zur Philharmonie, löste sie Kreuzworträtsel. Ich fuhr absichtlich Stadtbahn mit ihr, wie gewöhnlich, um ihr jedes Gefühl, daß etwas Besonderes vorlag, zu nehmen. So fuhr sie auf ihrem Abonnement zweiter Klasse zu ihrem Konzert, als ob sie zu ihrem Lehrer zur Stunde führe.»

In diesem Augenblick meldete Maruschka, daß sie Tatjana zu Bett gebracht habe.

Wir gingen ins Nebenzimmer.

Tatjanas lange Wimpern ließen nicht erkennen, ob sie die Augen ganz oder halb geschlossen hatte. Sie lag unbeweglich.

«Sie ist schön wie ein Engel», sagte ich zu Alexandra.

«Sie ist ein Fratz», verbesserte diese mich. «Außerdem, Boris Michailowitch, sind Sie nicht hier, um festzustellen, wie schön sie ist.»

Ich setzte mich ans Bett, fühlte Tatjanas Puls und beugte mich über sie.

«Haben wir ein Thermometer?» fragte ich.

Alexandra ging ins Nebenzimmer, eines aus dem Koffer zu holen.

Tatjanas Puls war schwach, aber regelmäßig und nicht beängstigend. Ich zweifelte, daß sie ohne Besinnung war. Ich schaute ihr forschend ins Gesicht. Aber es war nicht festzustellen, ob sie mich unter den Wimpern anblickte oder nicht. Ich studierte die feinen Züge. Wieder wußte ihr Mund die Aufmerksamkeit auf sich zu ziehen. Er war erwachsener als seine Umgebung. Er war wie ein selbständiges Wesen und schien sich den Teufel daran zu kehren, daß er einem halben Kind angehörte. Er war einladend . . . auffordernd . . . befehlend.

«Wie fühlst du dich, Tatjana Ivanovna Petrova?» fragte ich auf russisch.

Langsam hob sie die Wimpern. Ein Staunen – wohl ob des Russischen – erschien. Dann öffnete sie die Augen ganz. «Gut», sagte sie, und sie ließ ihre Augen aufmerksam in meinem Gesicht spazierengehen. – Plötzlich erschienen die Grübchen.

«Du saßest in der ersten Reihe, nicht wahr?»

«Ja. Und ich habe eine gottbegnadete Künstlerin gehört, die die größte Cellistin aller Zeiten werden wird. Und ich will verdammt sein, wenn ich dich nicht bis morgen gesund gemacht habe . . .»

Sie schloß die Augen wieder. Ein kleiner Druck ihrer Finger – ich hielt noch immer ihren Puls – warnte mich, daß Alexandra mit dem Thermometer ins Zimmer trat.

«Schläft sie?» fragte Alexandra.

«Ja», sagte ich, um Tatjana den Gefallen zu tun, mit ihr im Komplott zu sein, wofür ich mit einem neuerlichen Druck ihrer Finger belohnt wurde.

«Ich glaube, sie wird bald einen fürchterlichen Hunger bekommen», sagte ich.

«Soll ich ihr ein Täubchen braten?»

«Besser zwei, Alexandra Petrova.»

«Gut.»

Wir waren wieder allein.

«Öffne dein Mäulchen», sagte ich und tat ihr das Thermometer hinein. Sie lag unbeweglich. Ich hatte ihren Puls losgelassen, aber sie hatte ihre Finger um meine Hand gelegt. Es war still.

Während ich sie sinnend betrachtete, dachte ich über die Ungereimtheiten nach, die mir in Alexandras Erzählungen aufgefallen waren.

Warum, wenn Tatjana ihr Programm auswendig spielte, hatte sie das Fehlen der Solonoten so aufgeregt?

Warum hatte sich diese Aufregung nicht gelegt, nachdem die Noten gefunden waren?

Wie konnte sie vergessen, daß sie die Noten selbst in den Koffer getan hatte?

Wie sollte ihr dieser Umstand nicht wieder einfallen, wenn die Noten nicht auf dem gewohnten Platz zu Hause lagen? Was hatte es für einen Sinn, zwei Stunden lang nach ihnen zu suchen? Und nochmals: Warum hatte das Finden der Noten keine Entspannung gebracht?

Sah es nicht beinahe so aus, als habe Tatjana *gewußt*, daß die Noten im Koffer lagen? Als sei sie gar nicht der Noten wegen umgekehrt? Weswegen war sie umgekehrt? Um zwei Stunden allein sein zu wollen??

War sie überhaupt zu Hause gewesen?

O ja! Sie hatte ja das Mäntelchen vertauscht! Was hatte sie erlebt, das sie so tief erschreckt hatte?

Über diesen Gedanken hatte ich einen Augenblick ihr Gesicht aus den Augen gelassen, so daß mir eine Veränderung entgangen war. Während ich sinnend auf die Tapete starrte, fühlte ich plötzlich ihre Hand eiskalt werden und krampfig. Ein schneller Blick in ihr Gesicht erschreckte mich. Es war leichenblaß, das Näschen war gekräuselt, und sie winselte wie unter einem Alpdruck. Ich entfernte schleunigst das Thermometer, sonst hätte sie es zerbissen. Ich rief sie an und schüttelte sie. Sie kam zu sich und sah mich an. Hilflos, mit einem kleinen Lächeln, fiel ihr Köpfchen zur Seite.

Ich fühlte ein Mitleid wie eine Wunde in meinem Herzen.

Ich beugte mich über ihr Ohr.

«Hörst du mich, Tatjana Ivanovna?»

«Ja.»

«Als du heute abend im Presto über die Steppen saustest, da wünschte ich mir, du säßest in einem richtigen Schlitten, und die Pferde gingen durch, und ich könnte sie aufhalten, um dich zu retten. – Weißt du, was das heißt?»

Sie antwortete nicht. Aber das ganze Körperchen war ein einziges Fragezeichen.

«Das heißt, daß ich dich liebhabe. Daß du mir vertrauen kannst. Daß ich wünschte, du wärest in einer Klemme, aus der ich dich befreien könnte. Daß ich jedes Verbrechen für dich begehen würde.» Sie hatte sich halb aufgerichtet, auf einen Ellbogen gestützt. Ihr Hemdchen hatte sich gespaltet und ließ die Ansätze von Brüstchen erkennen. Sie schaute mir aufmerksam in die Augen.

Ich hielt ihren Blick aus.

«Was kann ich für dich tun?» fragte ich.

Noch immer blickte sie forschend. Dann sank sie, wie unschlüssig, in die Kissen zurück.

«Sag mir's ins Ohr, Tatjana.»

Ich legte mein Ohr an ihren Mund.

Leiser als der Atem einer Maus kam es endlich von ihren Lippen:

«Zu Hause . . . in meinem Zimmer . . . liegt etwas . . . das muß weg . . .»

Ihr Atem pfiff.

«Was liegt zu Hause in deinem Zimmer, das weg muß?»

Ihre Nägel krallten sich in meine Hände, sie warf den Kopf ins Genick, wie in einem Krampf, und mit unerhörter Anstrengung stieß sie hervor:

«Ein Toter.»

Sie zog die Beinchen unter der Decke an und streckte sie wieder. Dann lag sie unbeweglich.

Die Farbe ihres Gesichtchens war besser. Ein erlösender Schweiß brach aus den Poren ihrer Wangen, ihres Halses und ihrer Schultern.

Sie schlief.

Sie schlief wie ein Kind.

10

Mein nächster Gedanke war: wie bekomme ich die Hausschlüssel? Tatjana war die letzte in der Wohnung gewesen. Waren sie noch in ihrer Handtasche? Wo war die Handtasche? Dort auf der Kommode. Ich ging schnell hin und öffnete sie. Es waren keine Schlüssel drin.

Ich hörte Alexandra kommen.

«Sie wird sich jetzt gesund schlafen», sagte ich. «Ich glaube, daß sie über den Berg ist. Immerhin möchte ich mit Rücksicht auf ihre bevorstehende Konzertreise kein Risiko eingehen. Sie muß morgen früh ein Mittel nehmen, das ich ihr aus Berlin bringen werde . . .»

«Sie wollen nach Berlin . . .»

«Ich bekomme es hier nicht und muß sowieso nach Berlin. Wenn Sie etwas mitzubringen haben . . .»

«Etwas mitzubringen? Bei allen Heiligen, wenn

Sie Tatjanas Pelzmäntelchen mitbringen könnten? ... Wenn es Sie wirklich nicht belastet? Es hängt im Flur gleich rechts ...»

«Geben Sie mir die Adresse und die Hausschlüssel und ein paar Zeilen, die mich beauftragen, das Mäntelchen zu holen, damit man mich nicht für einen Dieb hält ...»

«Tatjana wird Sie vermissen», sagte Alexandra, während sie sich hinsetzte und meinem Wunsch willfahrte.

«Lassen Sie sie noch eine Stunde schlafen. Dann geben Sie ihr tüchtig zu essen. Und sagen Sie ihr, daß ich nach Berlin gefahren sei, um sie gesund zu machen. Das ist wichtig. Es wird sie beruhigen.»

«Gott segne Sie, Boris Michailowitch.»

Zehn Minuten später raste ich, den Tank bis zum Rand gefüllt, eine Knackwurst und zwei trockene Brötchen in der Fracktasche, über die Chaussee nach Berlin.

Während der zweihundertvierzig Kilometer langen Strecke hatte ich Muße, über allerhand nachzudenken. Hatte Tatjana im Fieber gesprochen? War wirklich ein Toter in ihrem Zimmer? Wer war es? Wie war er dorthin gekommen? War es ein Bekannter? Ein Fremder? Hatte sie ihn entdeckt, als sie die

Wohnung betrat, um die Noten zu holen? Wenn so, warum hatte sie nicht Lärm geschlagen? Warum hatte sie nichts ihrer Mutter oder Maruschka erzählt? Hatte sie ihn ermordet?

Was auch gewesen sein mag, ich war entschlossen, sie aus der Patsche zu reißen. Sie werden es seltsam finden, aber ich begann zu singen am Steuer, so glücklich war ich, etwas für sie tun zu können. Und ich gestehe zu meiner Schande, daß bei dem Gedanken, es könne nur eine Fieberphantasie sein, mein Herz schwer wurde wie Blei.

Und doch machte ich mich mit dieser Möglichkeit immer mehr vertraut. Es war die einfachste und logischste Erklärung. Und sicher die für Tatjana wünschenswerteste. Langsam suchte ich mich mit dem Gedanken auszusöhnen, daß Tatjana in keiner Patsche sei, aus der ich sie reißen konnte.

Um 1.30 Uhr nachts tauchten die Funktürme Nauens auf. Meine Spannung und Ungeduld wurden unerträglich. Ich schaffte die letzten vierzig Kilometer in zweiundzwanzig Minuten. Es war 1.52, als ich in die Heerstraße einbog. Und zehn Minuten später parkte ich vor Tatjanas Haus am Südwestkorso.

Ich blieb noch eine Weile am Steuer sitzen und beobachtete die Straße. Sie war ruhig und menschenleer ...

Ich verglich noch einmal die Hausnummer mit der mir von Alexandra gegebenen Adresse. Sie stimmte. Die Tatsache, daß die Wohnung im Hochparterre lag, würde mein Eingreifen, wenn ein solches notwendig war, begünstigen.

Ich stieg aus und ließ die dem Haustor zugekehrte Wagentür angelehnt. Auch das Haustor schloß ich nicht wieder, sondern lehnte es nur an.

Ich betätigte das automatisch-elektrische Treppenlicht, das nach zwei Minuten von selbst wieder verlischt.

Da, gleich links, war die Wohnungstür, mit einer kleinen Visitenkarte: «Alexandra Petrova.»

Ich schloß so leise wie möglich die Tür auf und zog sie hinter mir wieder zu, gerade als das Flurlicht erlosch.

Ich suchte an der Wand des Entrees nach dem Schalter. Im gleichen Augenblick, als ich das Licht anknipste, hörte ich irgendwo in der Wohnung einen tiefen, tiefen Ton, der mich albernerweise bis ins Mark erschrecken ließ. Es dauerte eine Weile, bis meine Sinne registrierten, daß es eine Standuhr gewesen sein mußte, die die Viertelstunde schlug. Der Zufall, daß der Ton genau mit dem Anknipsen des Lichtes zusammenfiel, muß mich so lächerlich erschreckt haben. Denn Sie dürfen nicht vergessen, daß ich damals ein Hüne war und mich weder vor Gott noch Teufel fürchtete. Jedenfalls bestimmt nicht vor dem letzteren.

Das erste, was ich im Licht sah, war gleich rechts die von Alexandra erwähnte Kleiderablage.

Tatjanas Herbstmäntelchen mit dem Pelzkragen, das mir Alexandra genau beschrieben hatte, war *nicht* darin. Aber andere Tatjana gehörige Überkleider. Ihr Anblick gab mir eine fast unheimliche Ruhe und Zuversicht.

Von da an arbeitete mein Hirn einwandfrei und ohne hysterische Faxen. Ich öffnete die Tür des ersten Zimmers und machte Licht. Es war das Wohnzimmer.

Die Möbel waren mit Hüllen überzogen, wie man das damals zu machen pflegte, wenn man die Wohnung längere Zeit unbewohnt ließ. Ich stellte fest, daß die Rolladen vor den Fenstern heruntergelassen waren. Das war gut. So würden sie es wahrscheinlich auch in den anderen Zimmern sein, und kein Licht konnte nach außen dringen und meine Anwesenheit verraten.

Eine breite Schiebetür führte zum angrenzenden Eßzimmer. Auch hier die Hüllen über den Möbeln.

Vom Eßzimmer mußte ich erst wieder in den Flur, um zu den anderen Räumen zu gelangen.

Die nächste Tür, die ich öffnete, führte in Alexandras Schlafzimmer. Es war tadellos in Ordnung. Es war in französischem Geschmack gehalten. Das große Bett gemacht und die seidene Steppdecke noch mit einem schützenden Stoff bedeckt. Es führte keine Tür ins Nebenzimmer. Ich mußte wieder auf den Flur zurück.

Mein Herz klopfte, als ich die nächste Tür öffnete und an der Wand nach dem Schalter tastete.

Ich knipste das Licht an.

Die einzige Unordnung, die mir zunächst auffiel, waren Kleider und Wäsche eines Knaben, wüst über einen der umhüllten Sessel geworfen. Erst dann entdeckte ich die bauschige Erhöhung unter der Bettdecke.

Ich schlug sie zurück. Die weißen Leinen waren von Kissen und Pfühlen abgezogen. (Sie ruhten wohl, pedantisch von Maruschka verstaut, im Wäscheschrank.) Was hier geblieben war, waren die rohen roten Federpfühle.

Und in diesen roten Kissen lag der weiße nackte

Körper eines Knaben. Er mochte vierzehn oder fünfzehn Jahre alt sein. Sein Gesicht zeigte den Ausdruck höchsten irdischen Entzückens. Er war tot. –

Ich drückte ihm die noch halb offenen Augen zu, hob ihn aus dem Bett, trug ihn zur Chaiselongue. Ich säuberte ihn wie eine Amme und kleidete ihn an.

Seine Sachen lagen in umgekehrter Reihenfolge, wie er sie ausgezogen hatte, über dem Sessel, und ich brauchte nur ein Stück nach dem andern zu nehmen, um es ihm anzuziehen: Unterwäsche, Hemd, Strümpfe, Hose, Weste und Jackett.

Unter dem Jackett lag noch etwas auf dem Sessel: Tatjanas Pelzmäntelchen!

Ich machte dann sehr sorgfältig das Bett.

Ich war so vorsichtig, noch einmal in Alexandras Schlafzimmer zu gehen, um mich genau zu informieren, auf welche Weise Maruschka die Betten zu machen pflegte. Ich stellte fest, daß auch hier die Leinen abgezogen waren.

Nachdem ich Tatjanas Bett in peinlich gleicher Weise geordnet hatte, hob ich den Knaben in meine Arme. «Nun mach dich nicht so schwer, mein Junge», sagte ich.

«Ich werde dich auf irgendeine Bank im Park setzen, wo du nach spätestens zwei Stunden gefunden werden wirst, und kein Verdacht wird auf deine Geliebte fallen. Das willst du doch nicht, nicht wahr?» Ich deckte Tatjanas Pelzmäntelchen über ihn und trug ihn auf den Flur und setzte ihn da in einen Stuhl. Ich ging noch einmal durch alle Zimmer, überzeugte mich, daß keine Spuren zurückgeblieben waren, und knipste überall das Licht aus.

Dann machte ich erst allein den Weg von der Flurtür zu meinem Auto. Alles war still und menschenleer. Zu dem Weg brauchte ich etwa zehn Sekunden. In dieser Zeit würde schon niemand kommen.

Und es kam niemand. Ich verstaute meinen kleinen Freund im Auto und vergaß auch das Pelzmäntelchen nicht.

Ich ging noch einmal zurück, verschloß Wohnungstür und Haustor und fuhr davon.

Im nahen Park setzte ich meinen kleinen toten Freund auf eine Bank in einer Pose, als ob er schliefe. Ich ging zurück zu meinem Wagen, dessen Motor lief.

Die ersten Zeichen der Dämmerung zeigten sich, als ich die Heerstraße erreichte, um Berlin auf demselben Wege zu verlassen, auf dem ich gekommen war.

II

Die Chaussee war noch völlig frei vom Verkehr. Mit dem unbeschreiblichen Gefühl des Zufriedenseins über eine gute Tat sauste ich in den Morgen.

Wieder hatte ich Zeit zum Nachdenken. Es bedurfte keines Sherlock Holmes, um zu rekonstruieren, was sich vorgestern nachmittag in einer verlassenen Wohnung abgespielt hatte. Tatjana hatte den Trick mit den «vergessenen» Noten gebraucht, um sich mit ihrem kleinen Geliebten zu treffen. Die beiden waren, ohne sich Zeit zu nehmen, die Überkleider in der Flurgarderobe zu lassen, ins Schlafzimmer geflogen, hatten sich die Sachen vom Leibe gerissen und waren in die abgezogenen roten Pfühle geschlüpft. Und hier war der Junge des schönsten Todes gestorben: Sein Herz hatte der Süße von Tatjanas Umarmung nicht standgehalten... Tatjana hatte den Kopf verloren... Sie hatte sich angekleidet und war davongestürzt...

Ihr Pelzmäntelchen hatte sie nicht gleich finden können, so hatte sie irgendein Mäntelchen aus der Garderobe gegriffen und war geflohen.

Was mein Gewissen betraf, lieber Herr, so war es rein. Leider hatte ich nicht mehr für Tatjana tun können, als mich der Übertretung der Anzeigepflicht des Arztes schuldig zu machen. Ein Verbrechen war nicht geschehen. Keine Meldung hätte den Jungen wieder lebendig gemacht. Wohl aber hätte sie die Karriere einer der größten werdenden Cellistinnen aller Zeiten ruinieren können.

Und Tatjana? Ich will verdammt sein, wenn sie in meinen Augen verloren hatte. Was wollen Sie? Sie sitzen da im Parkett, gebannt von ihrem Zauber, kaum fähig, das Wunder zu fassen, wie dieses Kind seinen Jahren voraus ist. Sowohl in ihrer faszinierenden Technik als in der Größe und Tiefe ihrer Auffassung. Wir sind mitgerissen von ihrem Temperament, das uns von den Sitzen hebt. Und nur, wenn es zu ihrem Urmenschlichsten kommt, sollte sie das alles nicht haben? Sollte sie ihren Jahren nicht voraus sein? Glauben Sie, daß einer das Andante so spielen kann, der kein Sexualleben hat? Und was heißt: ihren Jahren voraus? Dreizehn Jahre ist ein romantisches Alter. Ein neugieriges Alter. Ein gefährliches Alter. Und es war die Liebe einer Dreizehnjährigen, die einen Julius Cäsar das ganze Römische Reich für eine gute Weile vergessen ließ.

Weit in der Ferne wurde eine rote Laterne geschwenkt. Galt das mir? Das Licht kam schneller näher, als ich glaubte. Ich stoppte. Zu der Laterne gehörte ein Gendarm. Schon haben sie mich, dachte ich.

«Haben Sie keinen Kilometerzähler am Wagen?»

«Doch.»

«Sie sind uns von Nauen gemeldet worden, daß Sie mit hundert Kilometern durch den Ort gerast sind. Es gibt keine Höchstgeschwindigkeit auf der Chaussee, aber wohl durch die Ortschaften. Zeigen Sie mir Ihren Führerschein.»

«Es tut mir leid», sagte ich, «ich habe nicht gemerkt, daß ich so schnell fahre. Ich bin Arzt und muß zu einem Kranken.»

«Das ändert die Sache», sagte der Gendarm nach einem Blick in meinen Führerschein. «Fahren Sie weiter. Aber denken Sie daran, daß es keinen Zweck hat, einen Menschen am Sterben zu hindern, wenn Sie dabei fünf andere totfahren. – Guten Morgen.»

Was es doch für reizende Gendarmen gibt!

Ich erreichte Kolberg um 7 Uhr früh, stürzte mich in ein heißes Bad und rasierte mich. Dann stellte ich den Wecker für 9 Uhr und schlief bis dahin. Nicht lang, wie es in den Meistersingern heißt, aber fest und gut.

12

Um 1/2 10 Uhr ließ ich mich, sauber umgekleidet, mit Tatjanas Pelzmäntelchen und einer Schachtel harmloser Pillen bewaffnet, bei Alexandra melden. «Sie wollen mir nicht weismachen, daß Sie in Berlin waren und schon zurück sind?» empfing sie mich.

«Doch», sagte ich. «Wie geht es unserer Patientin?»

«Patientin? Als ich ihr sagte, Sie seien nach Berlin gefahren, um sie gesund zu machen, hat sie ihr Täubchen gegessen, sich hingelegt und die ganze Nacht geschlafen wie ein Sack. – Kommen Sie, wir wollen zu ihr gehen.»

Sie ging voraus.

Tatjana lag mit offenen Augen im Bett, das Gesicht uns zugewandt.

«Hier ist dein Pelzmäntelchen, Tatjana», sagte ich und legte es ihr zu Füßen auf die Bettdecke. «Wahrscheinlich war die ganze Sache eine Erkältung, die du dir in dem dünnen Fähnchen zugezogen hast. Zur Sicherheit nimmst du diese Tablette und schläfst noch zwei Stunden.»

Als ich ihr die Tablette zwischen die Lippen schob, küßte sie meine Fingerspitzen.

«Wollen Sie uns die Freude machen, heute abend mit uns im Kurhaus zu soupieren? Vorausgesetzt natürlich, daß Sie Tatjana erlauben aufzustehen . . .»

Tatjana diktierte mir die Antwort mit ihren mausgrauen Augen.

«Oh, ich glaube schon», sagte ich, «daß wir es wagen können.»

«Ich auch», sagte Alexandra. «Wie ich sie kenne, wird sie in zwei Stunden das Bedürfnis haben, aufs Matterhorn zu klettern. Dieser Engel, müssen Sie wissen, hat die Konstitution eines Hundes von Baskerville.»

Tatjana kuschelte sich in die Kissen. Ihre Blicke folgten mir, als ich das Zimmer verließ.

Nach einem guten Frühstück bei Bruckner ging ich zu meinem Strandkorb und ließ mich von dem Murmeln der Ostsee in einen herrlichen Schlaf singen.

Ich träumte von Tatjana. Sie war eine Nonne. Augen und Näschen waren frei. Aber um den Mund trug sie einen Schleier, um niemanden zu verführen.

13

Alexandra trug ein einfaches schwarzes Abendkleid mit kleinem Ausschnitt. Tatjana, ebenfalls in Schwarz, war die Miniaturausgabe ihrer Mutter. Die beiden sahen sich ähnlich wie zwei Känguruhs, nur daß Alexandra ihr Junges nicht mehr mit sich herumtragen konnte, denn es war fast so groß wie sie.

Als ich am Arm der beiden Damen den Speisesaal des Kurhauses betrat, wandten sich aller Augen uns zu, ein Flüstern begann, ein Applaus brach los, der sich von Tisch zu Tisch fortpflanzte. «Das gilt dir, Tatjana.»

Zwei ungleich große, aber unwiderstehliche Grübchen erschienen in Tatjanas blassem Gesicht, und sie dankte mit leichtem Kopfnicken, nicht ohne sich dabei ostentativ in meinen Arm zu hängen.

Ich hatte uns einen Tisch reservieren und ein kleines Souper zusammenstellen lassen, das sofort aufgetragen wurde.

«Boris Michailowitch ist unfair zu Alexandra Petrova», bemerkte diese. «Er soll *mein* Gast sein!» Das Essen war gut, der Beaujolais vorzüglich, das kleine Orchester diskret, meine beiden Frauen verführerisch.

Ich kann sehr aufgekratzt sein, lieber Herr, wenn ich glücklich bin, und ich hatte die Genugtuung, daß zwei Paare langer schwarzer Wimpern nie trocken wurden vor Lachtränen. Jawohl, mein Herr. Auch Tatjana lachte!

Plötzlich segelte Dr. Schmidt auf unseren Tisch zu. Tatjana stand auf und eilte ihrem Dirigenten entgegen. Der alte Herr küßte ihr die Hand, was eine kleinere Sensation im Saale hervorrief und mir einen größeren Stich in der Herzmuskelgegend verursachte. Sie wußte nicht, daß wir uns kannten, und so stellte sie mich vor, nicht ohne zu betonen, daß ich es sei, der sie so schnell gesund gemacht habe. – Und es klang ein bißchen verrucht, lieber Herr. – Und sie bat den Kapellmeister, bei uns Platz zu nehmen.

Und nun wurde es urgemütlich. Dr. Schmidt gab Erlebnisse von seinen Konzertreisen zum besten, und es wurde einer jener Abende, die dir das Dichterwort von der «freundlichen Gewohnheit des Atmens» in zustimmende Erinnerung bringen.

Zum Überfluß rollte noch Graf Hohenturm in den Saal. Ich machte ihn zum Glücklichsten aller Sterblichen, als ich ihn Tatjana vorstellte. Die Komplimente, die er Tatjana machte, kamen so von Herzen, daß der in allen Sätteln geübte Kavalier stammelte wie eine defekte Grammophonplatte. Als er ihr versicherte, daß er noch nie so tief, noch nie so tief, noch nie so tief ergriffen gewesen sei, als von ihrem Mann, ihrem Mann, ihrem Andantino, da traten Tatjana die hellen Tränen in die Augen. Nicht vor Rührung, lieber Herr, sondern vor unterdrücktem Lachen, denn sie war ein Biest. Als sie mit den süßesten Grübchen ihn einlud, an unserem Tisch zu bleiben, wäre er sicher vor Entzücken aus seinem Rollstuhl gesprungen, wäre er nicht vom Gürtel abwärts gelähmt gewesen.

Er ließ sogleich Champagner anfahren und stürzte sich in eine französische Konversation mit Alexandra. Aber seine Augen hingen an Tatjanas Mund, und ich hatte Angst, daß er seinen Krimstecher auf ihn richten würde.

Ich mußte leider bemerken, lieber Herr, daß meine kleine Kleopatra sich genau bewußt war, welche Macht sie auf ihn ausübte. Sie machte ihn so verrückt, daß er sich abwechselnd mit Champagner und Obst bekleckerte.

«Woran denken Sie gerade?» fragte sie plötzlich.

Ich konnte ihr nicht sagen, woran ich gerade gedacht hatte. Ich hatte gerade gedacht, wenn ich nicht glücklich verheiratet und Vater zweier Töchter wäre, ich wahrscheinlich ihre Mutter heiraten würde, um sie als Tochter zu bekommen. Schon um sie verhauen zu können, wenn sie sich gegen arme ältere Herren wie ein Kätzchen im Schaufenster benahm. Ganz zu schweigen davon, wie begehrenswert diese Alexandra war, die vor dreizehn Jahren diese Tatjana geboren hatte.

«Woran dachten Sie?» drängte Tatjana.

«Dich zu verhauen.»

Es leuchtete wie Triumph in ihren Augen, als sie sich wieder zu dem Grafen neigte, der ihr etwas ins Ohr flüsterte.

Das kleine Orchester spielte ein Cello-Solo.

Tatjana lauschte andächtig und beobachtete die Finger am Griffbrett. Beim Applaus erhob sie sich. Als sie sich wieder setzte, flüsterte sie mir mit vorgehaltener Hand ins Ohr: «Er wird nie etwas Schnelles spielen können, der Arme, weil er den Daumen falsch hält. Er ist ihm im Wege.»

Nach dem Souper spielte das Orchester zum Tanz auf. Ich tanzte einen langsamen Walzer mit Tatjana, die sich leicht wie ein Geist in meinen Armen wiegte.

«Wenn jemand für jemanden etwas tut, das eigentlich nicht recht ist, so muß jemand diesen Jemand sehr liebhaben, nicht wahr?» fragte sie.

«Man sollte es annehmen», sagte ich.

Jetzt fühlte ich meinen Geist doch etwas schwerer in meinen Armen.

Es war schon spät und die Stimmung ausgelassen, als der Graf uns einlud, den Rest des Abends bei ihm in seinem «bescheidenen» Hotelzimmer zu verbringen.

«Nur wenn ich mein Cello mitbringen darf», sagte Tatjana.

Die Begeisterung war groß. Wir brachen auf und holten Tatjanas Cello.

Der Graf bewohnte eine Flucht von Zimmern. Und er war kein schlechter Wirt.

Er karriolte in seinem Rollstuhl von einem Zimmer zum anderen in einem grotesken Tempo wie eine Strindbergsche Figur.

«Verheerend ... sie ist verheerend ...» flüsterte er mir zu, so oft er an mir vorbeiraste.

Tatjana stand am Flügel und ordnete ihre Noten. Als ich neben sie trat, deutete sie mit dem Finger auf eine Stelle in der «B. Z.», die dort lag.

«Heute in den frühen Morgenstunden fanden Angestellte der Bolleschen Meierei in den Anlagen des Südwestkorsos neben einer Bank die Leiche eines Knaben. Er mochte bereits zehn Stunden tot sein. Als Todesursache wurde Herzschlag festgestellt.»

Während sie mich lesen ließ, war sie zu Dr. Schmidt getreten. Beide hatten, über die Noten gebeugt, eine kurze Verständigung.

Dann nahm sie ihr Cello, und wir gruppierten uns mit unseren Stühlen im Halbkreis um den Flügel, an dem Dr. Schmidt Platz nahm.

Sie neigte ihr Ohr über die A-Saite und stimmte das Instrument so leise, daß es nicht wahrzunehmen war. Dann nickte sie Dr. Schmidt zu. Er wartete, bis es mäuschenstill im Raum war. Dann senkte er seine gewaltigen Klavierpfoten in die Tasten, und die einleitenden Akkorde der Air von Bach hoben sich mit schweren Flügeln aus den Saiten.

Tatjana setzte ein. Und mit dem ersten Ton, dem über zwei Takte gehaltenen Fis, machte sie das Zimmer zur Kirche. Das war das Verblüffende an dem Mädel: diese suggestive Kraft. Sie hatte dich gleich da, wo sie dich haben wollte. Gleich. Nicht erst nach soundsoviel Takten oder Minuten. Sie spielte die Arie mit einer entwaffnenden Einfachheit, nur die Komposition wirken lassend. Sie brauchte auch kein Vibrato, um deine Seele in Schwingung zu bringen. Sie war äußerst sparsam damit. Und wenn sie es anwandte, so machte sie es mit ihrem Herzschlag und nicht mit ihrem Finger.

Dem alten Hohenturm lief eine Träne über die Backe. Er hielt ein leeres Sektglas und ein Taschentuch zwischen den Fingern auf seinem Schoß und lauschte. Einmal hob Tatjana ihre Wimpern und sah mich an. Ich nickte. Ich hatte verstanden, daß dies ein Requiem für ihren kleinen toten Freund war.

Als sie geendet hatte, wagte niemand zu applaudieren. Dann spielte sie das Ave Maria von Schubert. Mit einer Innigkeit, die mich seltsam erregte. Ich wußte, es war der Dank an die Heilige Jungfrau, daß sie ihr geholfen hatte.

Wieder war niemand fähig, zu applaudieren.

«Nun kommt aber etwas Lustigeres», sagte sie wie zur Entschuldigung.

Und es kam das Rondo von Dvořák.

War das dieselbe Cellistin? War das dasselbe Cello? War das derselbe Raum, in dem wir saßen? Konnte soviel Schalk in einem so seriösen Instrument stekken? Den Hauch von Schwermut, der über dem ruhigeren Teil des Allegretto grazioso liegt, unterstrich sie in einer nur mir verständlichen Weise.

Dann kam ein russischer Bauerntanz. Nach Beendigung taten uns allen die Oberschenkel weh, als hätten wir den Krakowiak mitgetanzt.

Zum Schluß spielte sie – um die Finger zu erwärmen, wie sie sagte – die Tarantelle von Popper. Armer Dr. Schmidt! Jetzt war er es, der zur Heiligen Jungfrau beten mußte. In der Flageolettstelle mißglückte ihr ein Flageolett. Sie ersetzte es durch ein Grübchen und eine kleine Verbeugung, was reizender war, als wenn das Flageolett gekommen wäre.

«Und jetzt muß ich schlafen gehen.»

Die Damen verabschiedeten sich. Da sie im selben Hotel wohnten, lehnten sie eine Begleitung ab.

Wir Herren blieben noch bei einer Flasche Sekt.

Ich war wieder tief bewegt von Tatjanas großer Kunst. Und ich schämte mich der sündigen Gedanken, die mich in ihrer Gegenwart überkamen.

Auch der Graf war ganz still geworden. Und bald drängte Dr. Schmidt zum Aufbruch.

Als ich auf der Straße in meiner Manteltasche nach meinen Autoschlüsseln suchte, fühlte ich einen Zettel. Ich las ihn unter einer Laterne: «Nicht mit Mutti kokettieren. – Tatjana.»

14

Dieser Zettel war nicht dazu angetan, aufkeimende gute Vorsätze zu stärken. Ich nahm ein Schlafmittel, um nicht von Tatjana zu träumen. Jawohl, mein Herr, soweit war es schon mit mir.

Am nächsten Morgen ging ich zeitig an den Strand und stürzte mich in die kühlende Ostsee. Dann legte ich mich vor meinen Strandkorb und ließ mich von der Sonne trocknen. Die Augen geschlossen. Ich weiß nicht, wie lange ich gedöst hatte, als ich durch irgendein Gefühl veranlaßt wurde, die Augen zu öffnen. Als ich es tat, blickte ich in Tatjanas mausgraue Pupillen.

Sie lag im rechten Winkel zu mir auf dem Bauch im Sande, und ich weiß nicht, wie lange sie mir schon ins Gesicht guckte. Sie hatte sich auf die Ellbogen gestützt, den Kopf in den Händen. Wir sahen uns eine gute Weile an, ohne zu sprechen.

«Wo ist Mutti?» fragte ich.

«Im Meer. – Warum?»

«Weil ich mit ihr kokettieren möchte.»

Kleine Pause. Dann Tatjana: «Soll ich sie holen?»

«Nein.»

Ich senkte meine Augen in Tatjanas Gesicht. Sie duldete es. Ich verfolgte ihre Halslinie hinab zu den Schultern, die nur durch die schmalen Halter des Badeanzuges unterbrochen waren. Sie ließ es geschehen, ohne sich zu rühren. Sie hatte das Halskettchen, das eine Madonna trug, durch den Mund gezogen und beobachtete mich stumm. Ihre Stellung erlaubte mir, wieder einen Blick in jenes sanfte Hügelland zu werfen, wo sich einmal die Brüstchen erheben sollten.

«Glaubst du nicht», sagte ich, «daß ich erblinden werde, wenn du die wogenden Massen deines Busens nicht besser versteckst?»

Sie lachte auf. Impulsiv. Mit einem tiefen, kleinen, glucksenden Lachen.

Dann war sie wieder still und sah mich an. «So wenig, wie du denkst, ist es nun auch wieder nicht!»

Und wie um sich zu vergewissern, zog sie das Trikot ein wenig nach vorn und schielte hinunter. Und wirklich standen da zwei spitze Dingerchen, bereit, dir die Augen auszustechen.

Sie muß wohl etwas wie Überraschung in meinem Gesicht gelesen haben, denn es kam ein kleiner triumphaler Glanz in ihre Augen, als sie sagte:

«Das ist nur, um gewisse Leute zu lehren, daß sie keine vorgefaßten Meinungen haben sollen.»

Und sie lief ins Meer. Hoch schlugen die Wellen über ihr zusammen.

Bald kehrte sie zurück und legte sich wieder neben mich auf den Bauch.

«Warum willst du Mutti heiraten?» fragte sie.

«Um dich als Töchterchen zu bekommen.»

«Liebst du mich wie ein Töchterchen?»

Ich antwortete nicht.

Sie wiederholte ihre Frage.

«Das geht dich einen Dreck an, verdammte Schlange», sagte ich schließlich. «Außerdem darf ich dich gar nicht anders lieben.»

Sie ließ den Sand nachdenklich durch die Finger einer Hand gleiten.

«Ich fragte ja nicht, was du darfst. Ich frage, was du möchtest.»

Aber ich verteidigte meine Ehre wie eine alte Jungfer.

«Wer sagt dir überhaupt, daß ich dich liebe?»

«Du hast es mir gesagt. Es war der erste Satz, den du zu mir gesprochen hast.»

«Damals habe ich sicher gemeint: wie ein Töchterchen.»

«Und heute?» beharrte sie.

Ich antwortete nicht.

Sie fing an, Hände voll heißen Sandes auf meine Brust zu häufen.

«Du verbrennst mich», sagte ich.

«Ich weiß es», sagte sie. «Liebst du mich wie eine Tochter oder anders?»

Sie war plötzlich ganz blaß geworden.

«Anders», sagte ich.

Ich weiß nicht, warum ich so gebrüllt habe, daß der halbe Strand es gehört haben muß.

Auch Tatjana schien erschrocken zu sein. Eine jähe Röte schoß in ihr Gesicht. Sie sah sich um, ob es jemand gehört hatte. Sie hob sich auf ein Knie, wischte den Sand von dem andern, warf sich mit einer Kopfbewegung die Haare aus der Stirn und erhob sich.

«Alles muß man mühsam aus dir herausbekommen, Boris Michailowitch», sagte sie.

Und wieder lief sie gegen das Meer, in dieses hinein und tauchte unter den ersten Wellenberg. Dann schwamm sie hinaus.

Ich erhob mich, um sie im Auge zu behalten.

«Sie liebt Sie. Gott sei Ihnen gnädig.»

Es war Alexandra, die neben mir stand und sich das Gesicht vom Meerwasser trocknete.

«Sie ist mir dankbar, wollen Sie sagen.»

«Sie *liebt* Sie – und Sie wissen es.»

«Wie soll man sich dazu stellen?» fragte ich.

«Wie stellt man sich zu einem Erdbeben? Wenn Tatjana sich in den Kopf setzt, Sie zu heiraten, werden kein Gott und kein Teufel und nicht einmal Sie etwas dagegen machen können.»

«Wie gut, daß ich verheiratet bin und zwei Töchter habe.»

«Das sind Hindernisse...» sagte Alexandra, ein wenig orakelhaft.

«Aber keine unüberwindlichen, meinen Sie?»

«Sie wissen, daß sie nicht unüberwindlich sind. Es hängt von dem Grad ab, wie weit es Tatjana gelingt, Sie in sich verliebt zu machen.»

«Was soll man tun?»

«Fliehen.»

«Vor Tatjana?»

«Vor Tatjana und sich selbst, Boris Michailowitch. – Oder Sie können auch Ihre Braut ertrinken lassen, wenn Sie ihr nicht sofort nachschwimmen. Auch das wäre eine Lösung.» Sie hielt die Hände an den Mund und rief. «Tatjana . . .»

Ich tat dasselbe.

Tatjana schien uns nicht zu hören.

«Sie ist bei Gott noch zu geschwächt, so weit hinauszuschwimmen», sagte ich. Und ich machte mich an ihre Verfolgung.

Als ich sie erreichte, war sie gerade am Umkehren, aber schon sehr erschöpft. Ich glaube, sie war heilfroh, daß ich da war.

«Leg dich auf meinen Rücken, die Hände um meinen Hals – drück mir aber nicht die Kehle zu –, ruh dich aus und hilf nur mit den Beinen etwas nach.»

Sie tat genau nach Vorschrift.

«Sobald wir an Land sind, haue ich dir den Popo voll», sagte ich.

Keine Antwort.

Ich empfand die Berührung ihrer Oberschenkel die über meinen Nieren die vorgeschriebenen Schwimmbewegungen machten, wie eine unendlich zarte Liebkosung.

«Hast du mich verstanden?» fragte ich.

«Ja», sagte sie.

Als wir an Land stiegen, schien Alexandra wirklich

wütend zu sein. – »Du gehst heute nicht mehr ins Wasser, sondern ziehst dich sofort an.»

«Ja, Mutti.»

«Wie wäre es», schlug ich vor, «wenn wir alle uns anzögen und einen Spaziergang machten?»

Der Vorschlag wurde angenommen.

Wir gingen die Dünen entlang – Tatjana, wie selbstverständlich, in mich eingehängt – bis zum nächsten kleinen Fischerdorf. Hieß es Eckernförde? So ähnlich wenigstens.

In dem einzigen Dorfwirtshaus aßen wir zu Mittag. Frischen gekochten Aal mit Petersilienkartoffeln und Gurkensalat. Dazu einen offenen roten Landwein. Dazu Tatjana an meiner Seite, die mir auftat und mich bemutterte. O ja, mein Herr, es gibt noch Lebensgenüsse! Die Götter seien dafür gepriesen!

Auf dem Nachhauseweg hing Tatjana noch schwerer an meinem Arm. Wir kamen zum Nachmittagskonzert des Kurorchesters zurecht. Dr. Schmidt dirigierte. Dazu Kaffee und Kuchen und Alexandra und Tatjana. Die Reihenfolge war natürlich umgekehrt. Es war wieder reizend, zu sehen, wie Tatjana einem Konzertstück zu lauschen verstand.

Alexandra überraschte uns mit der Eröffnung, daß sie Karten fürs Stadttheater habe. «Der Widerspenstigen Zähmung» wurde gegeben mit einem berühmten Gast.

«Vielleicht können Sie etwas dabei profitieren, Boris Michailowitch», sagte sie mit maliziösem Lächeln.

Tatjanas Grübchen erschienen. Sie sah ihre Mutter an mit einem langen Blick, sagte aber nichts.

Die Vorstellung war ausgezeichnet. Gepriesen sei die liederliche Lebensweise großer Künstler, die sie zwingt, im Sommer in kleinen Badeorten zu gastieren. Tatjana saß neben mir, ihre Hand in der meinen. Shakespeares Idee, wie man eine Widerspenstige zähmen könne, schien ihr etwas albern vorzukommen.

«Warum schlägt er sie nicht?» fragte sie.

Ihr kleiner Körper sandte dauernd Botschaften zu mir: Ich bin hier . . . Ich bin hier . . . *Mich* liebst du . . . *Mich* liebst du, *nicht* Mutti . . .

Ich wußte das sowieso . . .

15

Ich kam nach Hause in einer ziemlich verwahrlosten geistigen Verfassung. Ich stellte mich vor den Spiegel und gab der verdächtigen Physiognomie, die mir entgegenstarrte, alle Schimpfnamen, die mir einfielen: Du bist ein seniler Trottel, der auf kleine Mädchen fliegt. Du bist ein Lump, der das Vertrauen einer Mutter mißbraucht. Du bist ein Schwein, das seine Frau betrügt. Du bist ein Nichtswürdiger, der nicht verdient, daß er selbst Töchter hat. Wie würde es dir gefallen, wenn jemand *deinen* Töchtern nachstellte??

Stellte ich jemandem nach? Hatte ich bis jetzt irgend etwas getan, worüber ich mir Vorwürfe machen müßte? Nein, bis *jetzt* nicht! Ich atmete auf. Bis jetzt nicht! Wenn jemand nachstellte, so war es Tatjana. Und vielleicht bildete ich mir das auch nur ein. Vielleicht war es nur harmlose kindliche Dankbarkeit. Nun versuchen Sie nicht, albern zu werden, sagte mein

Spiegelbild. Kindlich? Wenn Sie sich erinnern wollen, wofür sie Ihnen dankbar zu sein hätte, werden Sie sich erinnern, daß sie kein Kind mehr ist. Harmlos? Lassen wir alle Sentimentalitäten beiseite, lieber Herr, jede Geste, jeder Blick, jedes Lächeln ist für jeden, der nicht erotisch verkümmert ist, eine Herausforderung. So, das mußte einmal ausgesprochen werden! Es hat keinen Zweck, um den heißen Brei herumzugehen, Sie Trottel, sagte mein Spiegelbild. Sie haben recht, sagte ich, einer Gefahr kann man leichter begegnen, wenn man sie erkannt hat. Gratuliere, sagte mein Spiegelbild, und ich bin neugierig, wie Sie ihr begegnen werden!

Ja, ich werde! Es wäre ja lächerlich, mich von diesem Fratz einlullen zu lassen! Fratz? Beim großen Zeus, wenn sie am Cello saß, war sie keiner! Und wenn sie nicht am Cello saß – auch nicht. Ich fühlte, wie ich ihr wieder verfiel, gerade als ich ihr zu entrinnen suchte.

Ich setzte mich vor das Bild meiner Frau und meiner Töchter, um mir Kraft zu holen. Merkwürdig, wie sie mich im Stiche ließen! Sie schienen mir fremd. Wie aus einem früheren Leben.

Ich schlief wenig diese Nacht. Die wenigen Schlaffetzen waren mit unruhigen Träumen durchsetzt.

Und es war eigentlich immer derselbe Traum in verschiedenen Varianten: Tatjana kam, plauderte allerliebst mit meiner Frau und meinen beiden Töchtern, dann wandte sie sich zu mir und sagte: «Was hast du für eine reizende Frau, Boris Michailowitch, und was hast du für reizende Töchter.» Und dann nahm sie mich an der Hand und sagte: «Nun komm aber!»

Um 3 Uhr nachts machte ich diesem Zustand ein Ende, indem ich aufstand, eine Dusche nahm und mich zu einer wissenschaftlichen Arbeit an den Schreibtisch setzte.

Das gab mir mein Gleichgewicht zurück. Als ich drei Stunden später mich wieder schlafen legte, war ich der alte. Ich konnte mich nur wundern, welch seltsame Versuchungen für alte Knaben im Universum auf der Lauer lagen. – Nun, diese war abgeschlagen! Haha! Ich wußte damals noch nicht, daß es etwas Gefährlicheres gab, als sich in den aufkeimenden Leib dieser Halbwüchsigen zu verlieben. Das war, sich in ihre junge Sinnlichkeit zu verlieben. Und über diese Sinnlichkeit in ihre Kunst, und über ihre Kunst in ihre Seele, in die heiteren Gefilde ihres Gemütes. In ihren Humor. In diese schreckliche Mischung von Unschuld und Raffinement. Kurz: in Tatjana.

Wie gesagt, ich wußte das damals noch nicht. Und ich war zu einem Entschluß gekommen, der mir meine Ruhe zurückgab. Um jeder Versuchung aus dem Wege zu gehen, hatte ich beschlossen, früher als ursprünglich geplant, zu meiner Familie nach Berlin zurückzukehren. Morgen abend schon. Oder vielmehr heute abend noch. Denn es war 9 Uhr früh, als ich diesen Entschluß faßte.

Das einzige, was ich zu packen hatte, waren meine wissenschaftlichen Sachen und ein paar Kleinigkeiten. Ich setzte ein Telegramm auf an meine Frau. Um 11 Uhr telefonierte ich mit Alexandra, daß mich ein dringender Fall nach Berlin riefe und daß ich um 4 Uhr ihr meine Aufwartung machen würde, um mich von ihr und Tatjana zu verabschieden.

Dann vollendete ich meine Packerei und ignorierte die Tatsache, daß mein Herz schwerer und schwerer wurde.

Es mag gegen 12 Uhr gewesen sein, als es an der Flurtür läutete.

Es war ein sehr kurzes Läuten. Wie aus Versehen.

Einen Augenblick glaubte ich, mein Herz stünde still. – Ich öffnete.

Es war Tatjana.

Sie war sehr blaß. Ihre Augen hatten einen seltsamen Glanz. Das war kein Kind, das da stand. Das war ein junges Weib, das gekommen war, für sein Glück zu kämpfen.

Sie war plötzlich so erwachsen, wie sie es war, wenn sie am Cello saß.

«Du fährst fort, Boris Michailowitch?» fragte sie.

«Komm herein, Tatjana», sagte ich so ruhig wie möglich.

Ich zog die Flurtür hinter ihr zu und nahm ihr das Mäntelchen ab. Ich kannte dieses Mäntelchen.

Beim Abnehmen sah ich, daß sie zitterte.

Wir gingen in mein Arbeitszimmer.

Ich setzte mich hinter meinen Schreibtisch, wie um Schutz zu suchen.

«Nimm Platz, Tatjana.»

Ich deutete auf einen Sessel.

Sie kam der Aufforderung nicht nach. Schräg zu meiner Rechten, zwischen mir und dem Schreibtisch stehend, lehnte sie sich an diesen, halb sitzend, ein Bein heraufgezogen, den Fuß des anderen am Boden lassend.

«Warum fährst du fort?»

Ich log ihr irgend etwas vor, warum ich nach Berlin müsse. Und beim Lügen fühlte ich, daß sie fühlte, daß ich log.

Sie ließ mich ausreden.

Dann sagte sie:

«Ich bin gekommen, mich zu bedanken. – Für das, was du für mich getan hast. – Wünsche dir etwas.»

«Was soll ich mir wünschen?»

«Was du am liebsten möchtest.»

«Du weißt, daß ich das nicht darf. Es wäre ein Verbrechen.»

«Du hast gesagt, du würdest jedes Verbrechen für mich begehen.»

«Für dich, ja. Nicht für mich.»

«Es *ist* für mich.»

Sie sagte das sehr einfach. Aber ihre Pupillen blickten starr wie die einer Blinden.

«Oh», sagte sie plötzlich, mit einem Ausdruck fast mütterlichen Mitleides. Und sie deutete auf meine Hand, die auf der Armlehne ruhte.

«Wie du zitterst . . .» flüsterte sie.

Und neugierig und mitleidig, mit unendlicher Zärtlichkeit studierte sie mein Gesicht. Und die Andeutung eines Lächelns entstand in dem ihren.

«Du liebst mich nämlich», sagte sie.

Und sie streichelte mein Haar.

Wie schwer die kleine Hand auf meinem Scheitel ruhte.

Ein schmaler Streifen Fleisch – zwischen Kleidersaum und Strumpf – blendete mich.

Ihre Fingerspitzen berührten meinen Nacken.

Da fiel mein Haupt in ihren Schoß. Wie der Schädel eines Enthaupteten in den Korb.

16

Als ich – ich weiß nicht, wie viele Stunden später – aus einem purpurnen Wahnsinn erwachte, hatte sich die Welt verändert. Ich wußte, daß ich bis jetzt nicht gelebt hatte, und wußte, daß ich ohne Tatjana nicht weiterleben konnte noch wollte. Frisch unter dem Erlebnis schrieb ich an meine Frau, erzählte ihr alles, bat sie, mich zu vergessen, bat sie, unser Haus und zwei Drittel meines Vermögens anzunehmen und in eine Scheidung zu willigen.

Ich hielt meine Verabredung mit Alexandra für 4 Uhr nachmittags ein. Nur daß ich ihr nicht adieu sagte, sondern um Tatjanas Hand anhielt.

«Tatjana», sagte Alexandra, «hat bereits bei mir um Ihre Hand angehalten.»

«Sie hat bereits . . .?»

«Ja. Heute morgen, als Sie telefonierten, daß Sie abreisen müßten, fragte sie mich, ob ich etwas dagegen hätte, wenn sie Sie heiraten würde. Ich sagte ihr, daß es mir wenig nützen würde, etwas dagegen zu haben, gab aber der Hoffnung Ausdruck, daß Sie Manns genug sein würden, ihr den Popo voll zu hauen. – Wenn mir jemand leid tut, so sind Sie es, Boris Michailowitch. Nicht wegen des Altersunterschiedes. Der wird sich erst in zehn Jahren bemerkbar machen. Und wer kann mehr als zehn Jahre Glück vertragen? Aber hüten Sie sich: Wenn ich von mir auf Tatjana schließen kann, so wird sie Ihnen treu sein, solange Sie sie lieben. Am ersten Tage, wo das aufhört, wird sie Sie betrügen. Sie will geben, glücklich machen und bemuttern. Und wenn sie das nicht mehr mit Ihnen tun kann, so wird sie sich einen andern suchen, den sie beschenken kann, den sie glücklich machen kann und den sie bemuttern kann.»

«Ich hoffe, sie wird mich vorher umbringen.»

«Das liegt absolut im Bereiche der Möglichkeit», sagte Alexandra schlicht.

«Das beruhigt mich.»

«Und während der zehn Jahre, die ihr glücklich seid», beendete Alexandra, «wird sie Sie quälen. – Empfangen Sie meine herzlichen Glückwünsche.»

17

Da es Schwierigkeiten machen würde, in Deutschland eine Dreizehnjährige zu heiraten, hatten wir beschlossen, eine Konzerttournee durch die Vereinigten Staaten zu unternehmen, die ich finanzieren würde, und bei dieser Gelegenheit in Amerika zu heiraten.

Ich buchte für die «Ile de France» für ein Datum, das uns Zeit ließ, ihren europäischen Verpflichtungen nachzukommen.

Ich kann Ihnen nicht viel erzählen von den Städten, die wir berührten auf Tatjanas Triumphzug. Erinnerungsfetzen sind mir geblieben von überfüllten Konzertsälen, mit dem Grafen in der ersten Reihe, seinen Krimstecher auf Tatjanas Mund gerichtet, von rasenden, klatschenden Menschen, von Blumen, Blumen, Blumen. Blumen bei der Ankunft, Blumen im Konzert, Blumen bei der Abfahrt. Von den trauten Soupers nach den Konzerten mit Tatjana und Alexandra, aller Augen auf unseren Tisch gerichtet. Von dem offiziellen Gutenachtsagen – welche Wonne, Tatjana im Beisein ihrer Mutter auf den Mund küssen zu dürfen! – und später von dem leisen Tapsen nackter Füßchen auf meinem Teppich.

Ihre Nerven lagen bloß nach einem Konzert, und es schien, als müsse sie, nachdem sie Tausende mitgerissen hatte mit ihrem Temperament, am eigenen Feuer verbrennen, wenn es nicht gelöscht wurde. Und die Erlösung war bei ihr von einer Süßigkeit und Schärfe, die sie ohnmächtig werden ließen.

Ihre naive Aufrichtigkeit erschreckte mich oft. Einmal sagte sie, es müsse bei ihr anders sein als bei allen anderen Menschen. Denn wenn es bei allen Menschen so wäre wie bei ihr, so würden alle Menschen nichts tun als lieben.

Einmal machte ich ihr Vorwürfe, daß sie den armen Grafen bewußt quäle. Es sei absolut überflüssig, bedeutete ich ihr, ihrem Cello zu erlauben, ihren Kleidersaum bis über das Knie zu streifen, so daß dem armen Dietz die Augen herauszufallen drohten. Nachdem sie die Eifersucht, die aus meinen Worten sprach, geschlürft hatte, wie ein Kätzchen die Milch, sagte sie, der arme Mann sei gelähmt, er könne nur von ihr träumen, und es sei nichts Unrechtes, ihm dazu zu verhelfen. Es sei nur christlich. Und die Leute, die mehr von ihr hätten, sollten sich schämen, dem armen Dietz dieses kleine Vergnügen zu mißgönnen.

Die Gewissensbisse, die ich mir gelegentlich machen zu müssen glaubte, daß unsere Leidenschaft ihr schaden oder ihr Spiel beeinträchtigen könne, waren albern, lieber Herr. Sie spielte jeden Tag besser und wurde mit jedem Tag schöner.

Trotzdem versuchte ich manchmal, ihren Lockungen zu widerstehen. Aber Tatjana hatte Mittel, diesen Widerstand zu brechen. Sie setzte diesen Bemühungen ein besonderes Lächeln entgegen. Sie hatte eine Art, mich anzusehen, eine Art, die Mundwinkel zu verziehen, die mich entwaffnete. Und wenn das nicht genügte, scheute sie keineswegs vor stärkeren Mitteln zurück. Kurz und gut, die Argumente, die sie vorzubringen wußte, siegten regelmäßig mit verblüffender Zuverlässigkeit.

Und die Erinnerung an unser morgendliches Wiedersehen am Frühstückstisch – sie immer bedeutend frischer aussehend als ich – gebe ich für nichts her, lieber Herr, für nichts . . .

Unsere Tournee führte uns durch Deutschland, Holland, die Schweiz, Frankreich. Sie war so gelegt, daß wir uns an der Riviera entlang spielten von Marseille über St. Raphael, Cannes, Nizza, Monte Carlo, über die italienische Grenze nach Mailand und Genua.

Ich habe von all diesen Orten nicht viel gesehen, lieber Herr. Ich weiß nur, daß schöner als das Azurblau des Himmels das Mausgrau von Tatjanas Augen war. Berauschender als das Murmeln der Brandung das Flüstern ihrer Lippen. Bleicher als der Mond das Leuchten ihres Fleisches.

An einem herrlichen Spätherbstmittag schifften wir uns in Genua ein.

18

Was mich völlig um den Verstand brachte, war die Entdeckung, daß meine kleine Kleopatra mich liebte. Jawohl, mein Herr. Mit einer von Tag zu Tag sich steigernden Innigkeit und Glut. Die Gewißheit, daß ihre Gefühle nicht nur Dankbarkeit waren, sondern daß sie mich brauchte und begehrte, führte mich auf eine Höhe des Glücks, die nicht von Dauer sein kann.

Es ist uns Sterblichen einfach nicht beschieden.

Es kommt nun das, was man mit dem «Finger Gottes» bezeichnet, wenn man gottlos genug ist, das zu tun.

Wir hatten uns in New York ein Auto gekauft und fuhren durch Staaten, Berge und Wüsten mit dem Ziel Las Vegas, wo wir uns trauen lassen wollten.

Eine Tagereise vor Las Vegas übernachteten wir in der Wüste in einem Camp. Ich lag schlaflos an der

Seite meiner Geliebten, die morgen meine Frau werden sollte.

In die unendliche Süßigkeit meines Glücks hatte sich ein quälender Gedanke geschlichen. Es hatten sich in letzter Zeit Anzeichen gehäuft, daß Tatjana schwanger sei. Wenn das der Fall war, war das Kind von mir?

Ich hatte die ganze Zeit gefühlt, wie liebend dankbar mir Tatjana für die Tatsache war, daß ich nie mit einem Wort oder einer Andeutung die Affäre mit ihrem kleinen Freund erwähnt hatte. Und ich war entschlossen, mir eher die Zunge abzubeißen, als mich dieses Vorzuges in ihren Augen zu begeben. Und doch werden Sie mir nachfühlen, mein Herr, wie ich litt. Es ist verdammt schwer, ein Wesen, das Sie lieben, nicht bis in die entferntesten Winkel auszuforschen. Aber mich schützte der Gedanke, mich in ihrer Liebe herabzusetzen, davor, jemals die Frage auszusprechen. Übrigens, konnte sie es selbst wissen? Als ich so weit in meinen Gedanken gekommen war, knipste Tatjana, von der ich gedacht hatte, daß sie schlief, das Licht an. Sie sah mir in die Augen, die Hand am Schalter lassend, und sagte: «Wenn ich ein Kind kriege, ist es von dir.» – Und knipste das Licht wieder aus.

Ich überschüttete sie mit Küssen, ich schwor ihr – was ja doch die Wahrheit war –, daß ich ihr Kind lieben würde, auch wenn es vom letzten Landstreicher wäre.

Sie küßte meine Augen. Sie nahm meinen Kopf in ihre Arme, und meine Tränen fielen auf ihre kleinen Brüste.

Und einschlafend mußte ich lächeln bei der Erinnerung, wie diese kleinen Dinger neulich von ihrer Besitzerin massiert worden waren. Vor dem Spiegel. Damit sie größer würden . . .

Als ich später erwachte, lag Tatjana nicht an meiner Seite.

Ich machte Licht.

Sie stand im Hemdchen am offenen Fenster und blickte in die Sternennacht. Die Nächte sind verdammt kalt in der Wüste. Sie konnte sich den Tod holen. Ich trug sie ins Bett und schimpfte mit ihr.

«Ich habe den lieben Gott gebeten, mich zu sich zu nehmen, wenn das Kind nicht von dir ist», sagte sie. Da nahm ich sie in meine Arme, so fest, als ich konnte, ohne sie zu erdrücken, und sprach zu ihr:

«Der liebe Gott ist allgütig und allwissend. In seiner Allgüte wird er deine törichte Bitte überhören. Denn, allwissend wie er ist, weiß er, daß ich dein

Kind lieben werde wie etwas Heiliges. Denn es wird auf alle Fälle von dir sein, das kannst du nicht bestreiten. Und er weiß auch, daß du es lieben wirst. Denn selbst wenn es nicht von mir wäre, dann wären die Umstände seiner Entstehung schuld daran, daß wir uns kennengelernt haben. – Glaubst du nicht, daß das Grund genug ist, es zu lieben??»

Da legte Tatjana ihre Ärmchen, die noch ganz kalt von der Nachtluft waren, um meinen Hals. Mit der Spitze eines Brüstchens berührte sie mein Herz.

Das war das Zeichen, daß sie umarmt werden wollte.

19

Ersparen Sie mir, während des Folgenden in Einzelheiten zu gehen.

Am nächsten Morgen fieberte Tatjana, so daß wir unsere Reise nicht fortsetzen konnten.

Gegen Mittag mußte ich Lungenentzündung feststellen.

Am Abend sandten wir nach einem zweiten Arzt. Und am nächsten Morgen nach dem Priester.

Er legte unsere Hände ineinander und traute uns. Ich steckte ihr den Ring an den Finger und hielt ihr Händchen in meiner Pfote, bis ich fühlte, daß das Händchen kalt wurde.

Da wurde ich ohnmächtig.

Mein Erzähler konnte nicht weitersprechen.

Winnetou hatte seinen Kopf tröstend auf die Knie unseres Besuchers geschoben und schielte zu mir hinüber, ob mir denn gar nichts einfiele, ihn zu trösten. Nein, mir fiel nichts ein.

«Ich habe Tatjanas Asche», fuhr unser Erzähler fort, «im Memorial Park beigesetzt mit der Bestimmung, daß nach meinem Tode meine Asche mit der ihren vermischt wird. Die Kosten meiner Verbrennung sind bezahlt. In meinem Letzten Willen und in meinem Abkommen mit der Memorial Park Corporation ist alles festgelegt. Alles, was ich Sie bitte, lieber Herr, ist, daß Sie überwachen, daß mein letzter Wunsch wörtlich ausgeführt werde ... Ja, das ist alles, lieber Herr ...»

Als Boris Michailowitch Leventieff jetzt den Kopf des Hundes streichelte, beugte er sich tief über ihn.

Wohl damit ich seine Augen nicht sehen sollte.

20

Zwei Wochen später erhielt ich einen Brief.

«Lieber Freund,

mein Arzt hat mir versprochen, daß ich Anfang nächster Woche sterben werde. Endlich! Wenn ich mir nicht schon längst das Leben genommen habe, so geschah es, weil ich nicht wußte und nicht weiß, ob die Seelen der Selbstmörder ebendahin kommen, wo die meiner Geliebten sich befindet. Zwölf Jahre Enthaltsamkeit sind eine lange Zeit, lieber Herr, aber nun sind es nicht einmal mehr zwölf Tage . . .

Halten Sie sich also bitte bereit, Mitte der Woche meine sündigen Überreste den reinigenden Flammen zu übergeben. Ich hätte gerne noch einmal das Andante von Bach gehört. Wollen Sie es mir bei dieser Gelegenheit vorspielen? Sie brauchen sich nicht zu genieren, außer Tatjana und mir wird Sie niemand hören. Sie werden der einzige sein, der bei dieser kleinen Feier zugegen ist, auf der die Beerdigungsgesellschaft besteht, da ich dafür bezahlt habe. Nächsten Tages wollen Sie dann so freundlich sein, unsere Aschen zu mischen und die Urne wieder auf ihren alten Platz zu stellen.

Leben Sie wohl, lieber Freund. Und Gott lohne Ihnen Ihr Verständnis für meine Narrheit.

Ihr überglücklicher

Boris M.»

21

Am Mittwoch nächster Woche starb Boris Michailowitch Leventieff.

Am Sonnabend fand in der Kapelle des Friedhofs die seltsame kleine Feier statt. Die Bänke waren leer. Aber der Sarg war schön geschmückt.

Ich spielte das Andante.

Ich patzte an der Stelle, wo ich immer patze. Und wenn Tatjana es gehört hat, wird sie wohl gelacht haben mit ihrem kleinen, tiefen, glucksenden Lachen. Dann drückte ich auf den mir vorher bezeichneten Knopf. Der Sarg setzte sich in Bewegung, die Tore zum Ofen öffneten sich wie zwei Arme.

Am nächsten Tag erschien ich, um die Aschen zu mischen.

Ein Krematoriumsbeamter half mir.

Ich erwartete, als wir die Aschen mengten, daß irgend etwas geschehen würde. Ich weiß nicht, was. Daß das Gefäß in unserer Hand explodieren würde. Oder daß die Luft anfangen würde zu tönen. Oder sonst etwas.

Nichts dergleichen.

Um die Wahrheit zu sagen, es klang genauso, wie es klingt, wenn zwei Aschen sich mischen.

Und doch war da ein Ton in der Luft. Er kam von der nahen Kapelle, wo eine Orgel einsetzte.

Aber er war zu leise, als daß einer hätte feststellen können, ob man zu einer Beerdigung spielte oder zu einer Hochzeit.

Es war Sonntagmorgen.

rowohlts rotations romane

Ungekürzte Romane bekannter Autoren aus aller Welt
Verzeichnis aller lieferbaren Titel

* hinter dem Titel: Für Jugendliche ab 10 Jahren zu empfehlen
** hinter dem Titel: Für Jugendliche ab 14 Jahren zu empfehlen

Romane und andere Prosa

ABE, KOBO Die Frau in den Dünen [1265]

ABECASSIS, GUY 100 Koffer auf dem Dach [702], Kopfkissen für Globetrotter [1065]

ÅBERG, JOHN EINAR Engel – gibt's die? [1064]

ADAMSON, JOY Frei geboren . . . Eine Löwin in zwei Welten / Mit 32 Bildtafeln [844] **, Die gefleckte Sphinx / Mit Bildtafeln [1626] **

AIRTH, RENNIE Der Schnapp [1525]

ALLER LÜSTE ANFANG. Das 7. Buch der Werbung. Zusammengestellt von Dieter Hülsmanns und Friedolin Reske [1579]

AMADO, JORGE Gabriela wie Zimt und Nelken [838]

AMALRIK, ANDREJ Unfreiwillige Reise nach Sibirien [1452]

ANATOL, ANDREAS Olympische Liebesspiele. Eine heitere Mythologie der Griechen. Illustrationen: Wilhelm M. Busch [1306]

ARNAUD, CÉCILE Die kleine und die große Liebe [1523]

ARNOTHY, CHRISTINE Sommerspiele [1629]

AYMÉ, MARCEL Die grüne Stute [402]

BACHER, MANFRED Immer bin ich's gewesen! Illustrationen: G. Bri [1375] **, Lehrer sein dagegen sehr / Illustrationen: Dieter Klama [1529] **

BALDWIN, JAMES Giovannis Zimmer [999], Gehe hin und verkünde es vom Berge [1415]

BAUER, JOSEF MARTIN So weit die Füße tragen [1667]

BEAUVOIR, SIMONE DE Das Blut der anderen [545], Die Mandarins von Paris [761], Ein sanfter Tod [1016], Memoiren einer Tochter aus gutem Hause [1066], In den besten Jahren [1112], Der Lauf der Dinge [1250], Alle Menschen sind sterblich [1302], Die Welt der schönen Bilder [1433], Eine gebrochene Frau [1489], Sie kam und blieb [1310]

BECHER, ULRICH Das Profil [1612]

BECKETT, SAMUEL [Nobelpreisträger] Murphy [311]

BELLOW, SAUL Das Opfer [1085], Herzog [1132], Mann in der Schwebe [1367], Mr. Sammlers Planet [1673]

BICHSEL, PETER Die Jahreszeiten [1241]

BIGIARETTI, LIBERO Heiß [1487]

BLOOM, MURRAY Der Mann der Portugal stahl. Der größte Schwindel aller Zeiten [1619]

BORCHERT, WOLFGANG Draußen vor der Tür und ausgewählte Erzählungen [170] **, Die traurigen Geranien und andere Geschichten aus dem Nachlaß. Hg.: Peter Rühmkorf [975] **

BRANDNER, UWE ‹Innerungen› und ‹Drei Uhr Angst› / Zwei Romane [1512]

BRECHT, BERTOLT Kalendergeschichten [77], Drei Groschen Roman [263], Die Geschäfte des Herrn Julius Caesar [639], Bertolt Brechts Hauspostille [1159]

BREINHOLST, WILLY Das süße Leben des Ehemannes in Theorie und Praxis. Illustration: Léon van Roy [1249]

BRINITZER, CARL Zwei Löffel Goethe – eine Prise Shaw / Kulinarisches literarisch [1161]

BRINKMANN, ROLF DIETER Keiner weiß mehr [1254]

BRISTOW, GWEN Tiefer Süden [804] **, Die noble Straße [912] **, Am Ufer des Ruhmes [1129] **, Alles Gold der Erde [1590 **], Morgen ist die Ewigkeit [1685]

BUCK, PEARL S. [Nobelpreisträger] Ostwind – Westwind [41] **, Die Mutter [69] **, Die Frau des Missionars [101] **, Die erste Frau und andere Novellen [134], Der Engel mit dem Schwert / Gottesstreiter im fernen Land [167] **, Die springende Flut [425]

BURDICK, EUGENE Mister Amerika [1690]

BUSCH, FRITZ B. Einer hupt immer / Heitere Automobilgeschichten mit Benzin geschrieben [1084] **, Lieben Sie Vollgas? Heitere Automobilgeschichten hinter dem Steuer geschrieben [1181] **, Wer einmal unterm Blechdach saß. Das fahrende Volk im Rückspiegel betrachtet [1574] **

CAIN, JAMES M. Es begann am Sacramento [1585]

CALDWELL, ERSKINE Onkel Henrys Liebesnest. Erzählungen [1677]

CAMUS, ALBERT [Nobelpreisträger] Die Pest [15], Der Fremde [432], Kleine Prosa [441] **, Der Fall [1044], Verteidigung der Freiheit / Politische Essays [1096], Der Mensch in der Revolte [1216], Tagebücher 1935–1951 [1474]

CAPOTE, TRUMAN Frühstück bei Tiffany [459], Kaltblütig [1176]

CARLETON, JETTA Wenn die Mondwinden blühen [1522]

CARRÉ, JOHN LE Schatten von gestern [789] **, Der Spion der aus der Kälte kam [865] **, Krieg im Spiegel [995], Ein Mord erster Klasse [1120], Eine kleine Stadt in Deutschland [1511]

CASTILLO, MICHEL DEL Der Tod der Gabrielle Russier. Geschichte einer verfemten Liebe [1573]

CAVANAUGH, ARTHUR Als die Kinder verschwanden [1568]

CHAGALL, BELLA Brennende Lichter / Zeichnungen: Marc Chagall [1223], Erste Begegnung. Zeichnungen: Marc Chagall [1630]

CHEVALIER, MAURICE Mein glückliches Leben. Erinnerungen [1613]

CLEAVER, ELDRIDGE Nach dem Gefängnis. Aufsätze und Reden. Hg. und eingeleitet von Robert Scheer [1553]

COHN, NIK AWopBopaLooBop ALopBamBoom. Pop History [1542]

COLETTE Gigi und andere Erzählungen [143]

COLLANGE, CHRISTIANE Madame und ihr Management. Der gut geplante Haushalt [1632]

COLLIER, JOHN Blüten der Nacht. Befremdliche Geschichten [1324], Mitternachtsblaue Geschichten [1559]

CONLON, KATHLEEN Rosalind, laß ab mein Kind [1473]

COOPER, SIMON Puppenspiele [1465]

COUTEAUX, ANDRÉ Frau für Vater und Sohn gesucht [1518], Man muß nur zu leben wissen [1693 – März 74]

COWARD NOËL Palmen, Pomp und Paukenschlag [616]

CRONIN, A. J. Kaleidoskop in ‹K› [10], Die Zitadelle [39], Der neue Assistent [112], Der spanische Gärtner [127], Die Dame mit den Nelken [345], Doktor Murrays Auftrag [677], Dr. Shannons Weg [774], Der Judasbaum [857], Geh auf den Markt [927], Doktor Finlays Praxis [1383], Kinderarzt Dr. Carroll [1570], Ein Professor aus Heidelberg [1680]

DAHL, ROALD Küßchen, Küßchen [835], ... steigen aus ... maschine brennt ... / 10 Fliegergeschichten [868], Der krumme Hund. Illustrationen: Catrinus N. Tas [959], ... und noch ein Küßchen! Weitere ungewöhnliche Geschichten [989]

DEGENHARDT, FRANZ JOSEF Spiel nicht mit den Schmuddelkindern. Balladen / Chansons / Grotesken / Lieder. Illustrationen: Horst Janssen [1168], Im Jahr der Schweine [1661]

DEGENHARDT, FRANZ JOSEF / NEUSS, WOLFGANG / HÜSCH, HANNS DIETER / SÜVERKRÜP, DIETER Da habt ihr es! Stücke und Lieder für ein deutsches Quartett. Zeichnungen: Eduard Prüssen [1260]

DJILAS, MILOVAN Die unvollkommene Gesellschaft / Jenseits der «Neuen Klasse» [1377], Verlorene Schlacht [1692]

DONLEAVY, J. P. Die bestialischen Seligkeiten des Balthasar B. [1705 – April 74]

DÜRRENMATT, FRIEDRICH Der Richter und sein Henker. Illustrationen: Karl Staudinger [150] **, Der Verdacht [448]

DURRELL, GERALD Zoo unterm Zeltdach. Als Tierfänger in Kamerun [1366] ** Ein Noah von heute. Illustrationen: Ralph Thompson [1419] **. Eine Verwandte namens Rosy [1510] **, Ein Schildkrötentransport und andere heitere Geschichten [1631 **], Großes Herz für kleine Tiere [1700 ** – April 74]

DURRELL, LAWRENCE Justine [710], Balthazar [724], Mountolive [737], Clea [746], Bittere Limonen – Erlebtes Cypern [993], Leuchtende Orangen. Rhodos – Insel des Helios [1045] **, Schwarze Oliven. Korfu – Insel der Phäaken [1102] **, Tunc [1517], Nunquam [1595]

DYER, CHARLES Unter der Treppe oder Charlie erzählt Harry fast alles [1580]

ECHARD, MARGARET Unsere ehrbare Mama [1128] **

EHLERT, CHRISTEL Wolle von den Zäunen [1048] **

EINSTEIN, ALBERT / BORN, MAX Briefwechsel 1916–1955. Geleitwort: Bertrand Russell. Vorwort: Werner Heisenberg [1478]

EKERT-ROTHOLZ, ALICE M. Reis aus Silberschalen [894], Wo Tränen verboten sind [1138], Strafende Sonne, lockender Mond [1164], Mohn in den Bergen [1228], Die Pilger und die Reisenden [1292], Elfenbein aus Peking / Sechs Geschichten [1277], Limbo oder Besuch aus Berlin [1567], Der Juwelenbaum [1621]

ELIOT, ALEXANDER Love Play. Eine Romankomödie [1271]

ELLIN, STANLEY Die Millionen des Mr. Valentine [1564]

ELLIOTT, SUMNER LOCKE Leise, er könnte dich hören [1269]

ELSNER, GISELA Die Riesenzwerge [1141]

ERHARDT, HEINZ Das große Heinz Erhardt Buch. Illustrationen: Dieter Harzig [1679]

ETIEMBLE Lob eines Körpers [1582]

FABIAN, JENNY / BYRNE, JOHNNY Groupie [1477]

FALL, THOMAS Der Clan der Löwen [1309]

FALLADA, HANS Kleiner Mann – was nun? [1], Wer einmal aus dem Blechnapf frißt [54], Damals bei uns daheim [136] **, Heute bei uns zu Haus [232], Der Trinker [333], Bauern, Bonzen und Bomben [651], Jeder stirbt für sich allein [671], Wolf unter Wölfen [1057], Kleiner Mann, Großer Mann – alles vertauscht oder Max Schreyvogels Last und Lust des Geldes [1244], Ein Mann will nach oben. Die Frauen und der Träumer [1316], Lieschens Sieg und andere Erzählungen [1584], Zwei zarte Lämmchen weiß wie Schnee. Eine kleine Liebesgeschichte [1648]

FAULKNER, WILLIAM Licht im August [1508]

FESLIKENIAN, FRANCA Meine lieben Ungeheuer [1586]

FICHTE, HUBERT Die Palette [1300], Interviews aus dem Palais d'Amour etc. [1560]

FITZGERALD, JOHN D. Vater heiratet eine Mormonin [1350]

FRANK, BRUNO Trenck. Roman eines Günstlings [1657]

FREED, ARTÈLLE Nerzhäschen [1311]

GALLICO, PAUL Meine Freundin Jennie [499] *, Ein Kleid von Dior [640] **, Der geschmuggelte Henry [703] **, Thomasina [750], Ferien mit Patricia [796], Die Affen von Gibraltar [883], Immer diese Gespenster! [897], Die spanische Tournee [963], Waren Sie auch bei der Krönung? Zwei heitere Geschichten zu einem festlichen Ereignis [1097] **, Die Hand von drüben / Fast ein Kriminalroman [1236], Jahrmarkt der Unsterblichkeit [1364], Freund mit Rolls-Royce [1387], Schiffbruch [1563], Adam der Zauberer [1643], k. o. Matilda [1683]

GANS, GROBIAN Die Ducks. Psychogramm einer Sippe [1481] **

GARCÍA MÁRQUEZ, GABRIEL Hundert Jahre Einsamkeit [1484]

GENET JEAN Querelle [1684]

GOETZ, CURT Tatjana [734]

GORDON, NOAH Ein Haus für den Herrn [1466]

GORDON, RICHARD Aber Herr Doktor! [176], Doktor ahoi! [213], Hilfe! Der Doktor kommt [223], Dr. Gordon verliebt [358], Dr. Gordon wird Vater [470], Doktor im Glück [576], Eine Braut für alle [648], Doktor auf Draht [742] **, Onkel Horatios 1000 Sünden [953], Sir Lancelot und die Liebe [1191], Der Schönheitschirurg [1346], Finger weg, Herr Doktor! [1694 – März 74]

GORDON-DAVIS, JOHN Die Beute [1379], Die Jäger [1687]

GOSCINNY, RENÉ Prima, Prima, Oberprima! Tips für Schüler, Lehrer und leidgeprüfte Eltern [1256] **

GOVER, ROBERT Ein Hundertdollar Mißverständnis [1449], Kitten in der Klemme [1467], Trip mit Kitten [1628]

GRASS, GÜNTER, Hundejahre [1010]

GRAU, SHIRLEY ANN Die Hüter des Hauses [1464]

GRAY-PATTON, FRANCES Guten Morgen, Miss Fink [1064] **

GREENE, GRAHAM Die Kraft und die Herrlichkeit [91], Das Herz aller Dinge [109], Der dritte Mann [211], Der stille Amerikaner [284], Heirate nie in Monte Carlo. Illustrationen: Marianne Weingärtner [320], Unser Mann in Havanna [442], Die Stunde der Komödianten [1189], Leihen Sie uns Ihren Mann? [1278], Die Reisen mit meiner Tante [1577], Eine Art Leben [1671]

GRUHL, HANS Fünf tote alte Damen. Illustrationen: Dietrich Lange [1423], Liebe auf krummen Beinen [1674], Ehe auf krummen Beinen [1697 – März 74]

GRÜN, MAX VON DER Irrlicht und Feuer [916]

GUARESCHI, GIOVANNINO Don Camillo und Peppone / Mit Zeichnungen des Autors [215], Don Camillo und seine Herde / Mit Zeichnungen des Autors [231]

HAGEN, CHRISTOPHER S. Geheimauftrag. Authentic-Western mit 13 Illustrationen nach Originalfotos [1527]

HALLET, JEAN-PIERRE Afrika Kitabu. Ein Bericht. Mit 8 Bildtafeln [1507], Animal Kitabu. Ein leidenschaftliches Plädoyer für Afrikas Tierwelt. Mit 16 Bildtafeln [1587]

HANDKE, PETER Die Hornissen [1098]

HÄRTLING, PETER Das Familienfest oder Das Ende der Geschichte [1368]

HARTUNG, HUGO Deutschland deine Schlesier. Rübezahls unruhige Kinder [1624]

HAŠEK, JAROSLAV Die Abenteuer des braven Soldaten Schwejk – Ungekürzte Ausgabe. Illustrationen: Josef Lada Band I [409], Band II [411], Schwejkiaden.

Geschichten vom Autor des braven Soldaten Schwejk [1424]

HAVEMANN, ROBERT Fragen, Antworten, Fragen. Aus der Biographie eines deutschen Marxisten [1556]

HEINRICH, WILLI Schmetterlinge weinen nicht [1583]

HEMINGWAY, ERNEST [Nobelpreisträger] Fiesta [5], In einem andern Land [216], In unserer Zeit [278], Männer ohne Frauen [279], Der Sieger geht leer aus [280], Der alte Mann und das Meer [328] *, Schnee auf dem Kilimandscharo [413], Über den Fluß und in die Wälder [458], Haben und Nichthaben [605], Die grünen Hügel Afrikas [647], Tod am Nachmittag / Mit 81 Abb. [920], Paris – ein Fest fürs Leben [1438], 49 Depeschen [1533], Die Sturmfluten des Frühlings [1716]

HESSE, HERMANN Klingsors letzter Sommer [1462], Roßhalde [1557], Gertrud [1664]

HEYER, GEORGETTE Die bezaubernde Arabella [357], Die Vernunftehe [477], Die drei Ehen der Grand Sophy [531], Geliebte Hasardeurin [569], Der Page und die Herzogin [643], Die spanische Braut [698], Venetia und der Wüstling [728], Penelope und der Dandy [736], Die widerspenstige Witwe [757], Frühlingsluft [790] **, April Lady [854], Falsches Spiel [881], Serena und das Ungeheuer [892], Lord «Sherry» [910], Ehevertrag [949], Liebe unverzollt [979], Barbara und die Schlacht von Waterloo [1003], Der schweigsame Gentleman [1053], Heiratsmarkt [1104], Die galante Entführung [1170], Die Jungfernfalle [1289], Brautjagd [1370], Verlobung zu dritt [1416], Verführung zur Ehe [1212], Damenwahl [1480], Die Liebesschule [1515], Skandal im Ballsaal [1618], Ein Mord mit stumpfer Waffe. Detektivroman [1627], Der schwarze Falter [1689]

HOLMBERG, AKE Frühstück zu dritt [1702 – April 74]

HLASKO, MAREK Folge ihm durchs Tal [1479]

HOCHHUTH, ROLF Krieg und Klassenkrieg / Studien [1455]

HUDSON, JEFFERY Die Intrige [1540]

HUMOR SEIT HOMER [625]

IHR ABER TRAGT DAS RISIKO. Reportagen aus der Arbeitswelt. Hg. vom Werkkreis [1447]

IMOG, JO Die Wurliblume [1471]

J . . . Die sinnliche Frau [1634]

JEAN-CHARLES Die Knilche von der letzten Bank [1616], Knilche bleiben Knilche [1665]

JOHNSON, UWE Zwei Ansichten [1068]

JONES, MERVYN John und Mary. Jeder Tag beginnt bei Nacht [1320]

JUUL, OLE Das tosende Paradies [1062]

KARDOS, GYÖRGY Die sieben Tage des Abraham Bogatir [1519]

KAWABATA, YASUNARI [Nobelpreisträger] Kyoto oder Die jungen Liebenden in der alten Kaiserstadt [1225], Tausend Kraniche / Schneeland [1291], Tagebuch eines Sechzehnjährigen. Eine Auswahl. Hg. von Oscar Benl [1428]

KAZANTZAKIS, NIKOS Alexis Sorbas / Abenteuer auf Kreta [158]

KEROUAC, JACK Unterwegs / On the Road [1035], Engel, Kif und neue Länder [1391], Gammler, Zen und Hohe Berge [1417]

KIRST, HANS HELLMUT Verdammt zum Erfolg [1644]

KISHON, EPHRAIM Arche Noah, Touristenklasse [756]

KOCH, THILO Ähnlichkeit mit lebenden Personen ist beabsichtigt. Begegnungen [1531]

KRÜGER, HARDY Eine Farm in Afrika / Mein Momella. Zeichnungen: Francesca Krüger [1530]

KUSENBERG, KURT Mal was andres [113], Lob des Bettes. Illustrationen: Raymond Peynet [613], Der ehrbare Trinker / Eine bacchische Anthologie [1025], Man kann nie wissen. Eine Auswahl merkwürdiger Geschichten [1513]

LAWRENCE, D. H. Der Regenbogen [610], Liebende Frauen [929], Lady Chatterley [1638]

LEDERER, WILLIAM J. / BURDICK, EUGENE Der häßliche Amerikaner / Im Zwielicht der Diplomatie [845] **

LETTAU, REINHARD Täglicher Faschismus. Amerikanische Evidenz aus 6 Monaten [1614]

LEVENSON, SAM Kein Geld – aber glücklich. Chronik einer Familie [1322] **

LONDON, JACK Das Mordbüro [1615]

LOWELL, JOAN Ich spucke gegen den Wind [23**], Das Land der Verheißung [1047]**

MACDONALD, BETTY Das Ei und ich [25] **, Betty kann alles [621], Die Insel und ich [641]

MALAMUD, BERNARD Der Fixer [1150]

MANN, HEINRICH Professor Unrat [35], Die Jugend des Königs Henri Quatre [689], Die Vollendung des Königs Henri Quatre [692], Novellen [1312]

MARCEAU, FÉLICIEN Creezy [1593]

MASON, RICHARD . . . denn der Wind kann nicht lesen [144], Suzie Wong [325], Zweimal blüht der Fieberbaum [715]

MATMOR, YORAM Wer spielt denn schon Klavier am Strand? [1558]

MATTHIAS, L. L. Die Kehrseite der USA [1494]

MAYER, HANS Deutsche Literatur seit Thomas Mann [1063]

MEAD, MARGARET / BALDWIN, JAMES Rassenkampf–Klassenkampf. Ein Streitgespräch [1617]

MECHTEL, ANGELIKA Kaputte Spiele [1572]

METALIOUS, GRACE Die Leute von Peyton Place [406]

MICHENER, JAMES A. Die Kinder von Torremolinos [1636], Sayonara [1675]

MILLER, ARTHUR Brennpunkt [147], Nicht gesellschaftsfähig / The Misfits [446], Ich brauche dich nicht mehr. Erzählungen [1620]

MILLER, HENRY Lachen, Liebe, Nächte [227], Der Koloß von Maroussi [758], Big Sur und die Orangen des Hieronymus Bosch [849], Land der Erinnerung [934], Nexus [1242], Plexus [1285], Schwarzer Frühling. Erzählungen [1610]

Henry Miller Lesebuch. Hg.: Lawrence Durrell [1461]

MISSERLY, HÉLÈNE Zimmer zu vermieten [1131]

MITCHELL, MARGARET Vom Winde verweht [1027]

MNAČKO, LADISLAV Die Nacht von Dresden [1485]

MONNIER, THYDE Die kurze Straße [30], Liebe – Brot der Armen [95]

MOORE, JOHN Septembermond [1372]

MORAVIA, ALBERTO Die Römerin [513], Cesira [637], Der Konformist [766], La Noia [876], Inzest [1077], Die Verachtung [1111], Die Lichter von Rom [1142], Der Ungehorsam [1238], Die Kulturrevolution in China [1456], Ich und Er [1666]

MÖSSLANG, FRANZ HUGO Deutschland deine Bayern / Die weiß-blaue Extrawurscht [1352]

MULIAR, FRITZ Streng indiskret! Aufgezeichnet von Eva Bakos. Illustrationen: Rudolf Angerer [1429]

MURENA, H. A. Gesetze der Nacht [1492]

MUSIL, ROBERT Drei Frauen [64], Die Verwirrungen des Zöglings Törleß [300], Nachlaß zu Lebzeiten [500] **

NABOKOV, VLADIMIR Gelächter im Dunkel [460], Lolita [635], Verzweiflung [1562], Einladung zur Enthauptung [1641], Lushins Verteidigung [1699 – März 74]

NÉMETH, LÁSZLÓ Maske der Trauer [1645]

NEUGEBAUER, PETER Lexikon der Erotik. Mit Textillustrationen [1509]

NEUMANN, ROBERT Deutschland deine Österreicher. Österreich deine Deutschen. Illustrationen: Lindi [1695 – März 74]

NICKLISCH, HANS Vater unser bestes Stück [1609], Ohne Mutter geht es nicht [1672]

NOACK, BARBARA Die Zürcher Verlobung [1611], Ein gewisser Herr Ypsilon [1646], Eines Knaben Phantasie hat meistens schwarze Knie. Zeichnungen: Eva Kausche-Kongsbak [1681], Valentine heißt man nicht. Eine Ehegeschichte – vorwiegend heiter [1701 – April 74]

NOSSACK, HANS ERICH Spätestens im November [1082], Der Fall d'Arthez [1393]

OATES, JOYCE CAROL Ein Garten irdischer Freuden [1491]

O'BRIEN, EDNA Mädchen im Eheglück [1520]

O'DONNELL, PETER Modesty Blaise – Die tödliche Lady [1115], Modesty Blaise – Die Lady bittet ins Jenseits [1184], Modesty Blaise – Die Lady reitet der Teufel [1304], Modesty Blaise – Ein Gorilla für die Lady [1493]

PAUSEWANG, GUDRUN Die Entführung der Doña Agata [1591]

PERGAUD, LOUIS Der Krieg der Knöpfe [662] **

PHILIPE, ANNE Nur einen Seufzer lang [1121], Morgenstunden des Lebens [1468]

PIAF, EDITH Mein Leben [859]

POLGAR, ALFRED Im Lauf der Zeit [107]

POLLINI, FRANCIS Glover [1143]

PORTER, KATHERINE ANNE Das Narrenschiff [785]

PORTIS, CHARLES Die mutige Mattie [1483]

POULSEN, KNUD Wenn die Tugend Amok läuft [977]

PRÉVERT, JACQUES Gedichte und Chansons. Französisch und Deutsch. Nachdichtung von Kurt Kusenberg [1421]

PROUTEAU, GILBERT Das Geschlecht der Engel [1486]

PUZO, MARIO Der Pate [1442], Mamma Lucia [1528]

QUALTINGER, HELMUT / MERZ, CARL Der Herr Karl und weiteres Heiteres [607]

RAABE, WILHELM Stopfkuchen [100] **

RADECKI, SIGISMUND VON Das ABC des Lachens [84] **

RANDALL, FLORENCE ENGEL Denn die Nacht ist verschwiegen [1307]

RAWLINGS, MARJORIE K. Frühling des Lebens [153] *

REICH-RANICKI, MARCEL Deutsche Literatur in West und Ost. Prosa seit 1945 [1313]

REINIG, CHRISTA Orion trat aus dem Haus. Neue Sternbilder [1470]

REITBERGER, REINHOLD C. / FUCHS, WOLFGANG J. Comics. Anatomie eines Massenmediums [1594]

REXHAUSEN, FELIX Die Sache. Einundzwanzig Variationen [1418], Germania unter der Gürtellinie. Ein satirisches Geschichtsbuch [1516]

REZZORI, GREGOR VON Maghrebinische Geschichten [259], Neue maghrebinische Geschichten [1475]

RICHTER, HANS WERNER Deutschland deine Pommern / Wahrheiten, Lügen und schlitzohriges Gerede. Illustrationen: Franz Wischnewski [1537]

RINGELNATZ, JOACHIM Als Mariner im Krieg [799], Mein Leben bis zum Kriege [855]

ROBBINS, HAROLD Einen Stein für Danny Fisher [991]

ROCHEFORT, CHRISTIANE Frühling für Anfänger [1490]

RODA RODA's Geschichten [205], Heiteres und Schärferes [1521]

ROSENDORFER, HERBERT Der stillgelegte Mensch [1592]

ROTH, HENRY Nenne es Schlaf [1565]

ROTH, JOSEPH Radetzkymarsch [222], Der stumme Prophet [1033]

RUARK, ROBERT Der Honigsauger [1647]. Die schwarze Haut [1696 – März 74]

RUHLA, FRANK Vielgeliebte alte Penne. Illustrationen: Dieter Klama [1566] **

RÜHM, GERHARD Die Frösche und andere Texte [1460]

RÜHMKORF, PETER Über das Volksvermögen. Exkurse in den literarischen Untergrund [1180]

RUESCH, HANS Im Land der langen Schatten [1715]

SABATIER, ROBERT Die schwedischen Zündhölzer [1633]

SAINT-EXUPÉRY, ANTOINE DE Flug nach Arras [206] **, Carnets [598]

SALINGER, JEROME D. Der Fänger im Roggen [851], Franny und Zooey [906], Hebt den Dachbalken hoch, Zimmerleute & Seymour wird vorgestellt [1015], Neun Erzählungen [1069]

SALOMON, ERNST VON Der Fragebogen [419], Die schöne Wilhelmine / Ein Roman aus Preußens galanter Zeit [1506]

SAND, FROMA Das Apartmenthaus [1440]

SARTRE, JEAN-PAUL Das Spiel ist aus / Les Jeux sont faits [59], Zeit der Reife [454], Der Aufschub [503], Der Pfahl im Fleische [526], Der Ekel [581], Die Wörter [1000], Porträts und Perspektiven [1443], Die Mauer. Das Zimmer, Herostrat, Intimität, Die Kindheit eines Chefs. / Erzählungen [1569], Bewußtsein und Selbsterkenntnis [1649]

SCHIEFER, HERMANN / HALBRITTER, KURT Die Kunst, Lehrer zu ärgern [1472] **, Wer abschreibt, kriegt 'ne 5! Illustrationen: Kurt Halbritter [1526] **

SCHMIDT, MANFRED Mit Frau Meier in die Wüste / Eine Auswahl verschmidtster Reportagen [907], Frau Meier reist weiter / Eine neue Auswahl verschmidtster Reportagen [1081] *

SCHNECK, STEPHEN Der Nachtportier oder dessen völlig wahre Beichte [1432]

SEGAL, ERICH Love Story [1623]

SEGHERS, ANNA Transit [867], Ausgewählte Erzählungen [1119]

SELBY, HUBERT Letzte Ausfahrt Brooklyn [1469]

SHADBOLT, MAURICE Und er nahm mich bei der Hand [1589]

SHARP, MARGRET, Rosa [1682]

SIMMEL, JOHANNES MARIO Affäre Nina B. [359], Mich wundert, daß ich so fröhlich bin [472], Das geheime Brot [852], Begegnung im Nebel [1248]

SLEZAK, LEO Meine sämtlichen Werke [329] *, Der Wortbruch. Zeichnungen: Walter Trier [330] **, Rückfall. Zeichnungen: Hans Kossatz [501] **

SNOW, C. P. Mord unterm Segel [1691]

SOEBORD, FINN Und sowas lebt [78]

SOLSCHENIZYN, ALEXANDER Krebsstation. Buch 1 und 2. Vorwort: Heinrich Böll [1395 u. 1437]

SOUTHERN, TERRY / HOFFENBERG, MASON Candy oder Die sexte der Welten [1482]

SPARK, MURIEL Die Lehrerin [1171], Mädchen mit begrenzten Möglichkeiten [1266]

SPEYER, WILHELM Der Kampf der Tertia. Zeichnungen: Wilhelm M. Busch [17] **

SPOERL, HEINRICH Man kann ruhig darüber sprechen [401] **

STAMMEL, H. J. Das waren noch Männer. Die Cowboys und ihre Welt. Mit 32 Bildtafeln [1571] **

STANDER, SIEGFRIED Ein Fremdling in der Herde / Das Pferd [1441]

STONE, IRVING Vincent van Gogh / Ein Leben in Leidenschaft [1099]

STRANGER, JOYCE Das Glück hat eine weiche Schnauze [1496]

STRICKER, TINY Trip Generation [1514]

SWARTHOUT, GLENDON Denkt bloß nicht, daß wir heulen [1640]

SYKES, PAMELA Eine verrückte Familie [1704 – April 74]

TAGEBUCH EINES BÖSEN BUBEN Neu bearbeitet und mit einem Nachwort von Kurt Kusenberg [695]